U0492189

春之海终日悠哉游哉

与谢芜村俳句300

北京联合出版公司
Beijing United Publishing Co.,Ltd.

［日］与谢芜村——著　陈黎　张芬龄——译

雅众文化 出品

译者序

田园未芜，诗笔写生画梦又一村
——与谢芜村的小宇宙

一

与松尾芭蕉（1644—1694）、小林一茶（1763—1827）并称为日本三大俳句诗人的与谢芜村（1716—1783），可说是稀有的奇才，兼具伟大诗人和杰出画家的双重身份，一生写了约三千首俳句，画了七百多幅画（包括一百二十多幅“俳画”）。他的诗往往绘画感十足：强烈的视觉效果，丰富的色彩，静冷然而具张力的美学距离。他写诗，仿佛在白纸上挥毫作画，世界在他笔下不断成形，构成一多样并陈、自身具足的小宇宙。

学者颇喜对比松尾芭蕉和与谢芜村的不同：芭蕉是探索者，芜村是艺术家；芭蕉是苦行诗人，芜村是入世画家；芭蕉是表达自身经历的主观的诗人，芜村是艺术与创作优先的客观的诗人；芭蕉的艺术特色是古雅、幽玄、平静、素朴，芜村则是在古典中寻找鲜活的诗趣；芭蕉抒发真实生活中所见、所闻、所感，自然与人生于他是合为一体的，芜村则往往跳脱写实，以充沛的想象力创造具艺术感和新鲜感的诗意。与谢芜村在世时主要以画闻名，十九世纪末文学宗匠正冈子规（1867—1902）鼓吹俳句现代化，写了一系列颂扬芜村的文章，贬抑盲目崇拜芭蕉之风尚，芜村从此跻身俳句大师之列。

与谢芜村于1716年（享宝元年，芭蕉死后22年）生于距离京都三十里的摄津国东成郡毛马村（今大阪市都岛区毛马町）。他本姓谷口，与谢是他母亲家乡的地名。关于他的幼年，我们所知不多。他的父亲或许是村长，母亲是帮佣，但他们似乎在他十几岁时就过世了。芜村六十二岁时，在一封书简中谈到同年完成的“俳诗”《春风马堤曲》时曾如是描述他的家乡：“马堤，即毛马塘也，是我的家乡。余，幼童之时，春日清和之日，必与友人来此堤上游玩。水上船只来来往往，堤上人们来来去去，其中有到浪速地区（今大阪市及其邻近地带）帮佣的乡下姑娘，她们仿效都会女子的时髦装扮，梳着艺妓的发型，喜欢浪漫故事和闲聊是非。”

芜村显然很早就显露对绘画的兴趣，并且得到一位“狩野派”画家的指点。二十岁左右，他离家到江户（今之东京）学诗学画。于二十二岁时（1737）投身俳句流派“夜半亭”创始人早野巴人（即宋阿，1676—1742）门下，有段时间几乎可说是他的贴身秘书。早野巴人师承芭蕉弟子宝井其角（1661—1707）、服部岚雪（1654—1707）。芜村曾写道：“巴人救了我，让我不再寂寞，多年来待我情深意切。”芜村最初俳号为“宰町”。1738 年春出版的《夜半亭岁旦帐》首次收录了他以此名发表的一首俳句，同年夏，他的一首俳句与插画出现于图文书《卯月庭讯》中，署名“宰町自画”。几年间，他在不同选集里发表了三十多首俳句，在江户艺文圈逐渐闯出名号。他也学作汉诗，听儒学家、画家服部南郭（1683—1759）讲唐诗和孔学。早野巴人于 1742 年去世，“夜半亭”亦停摆。芜村当时二十七岁，他离开江户，先往下总结城（今茨城县结城市），寄住于同门砂冈雁宕处。尔后十年间，他效法松尾芭蕉的行脚精神，游走关东与奥州（日本东北地方），偶亦回江户，俳句与绘画皆有长进。

1744 年春，芜村于野州（今栃木县）宇都宫编辑、印行了《宽保四年岁旦帐》，首次使用“芜村”此一俳号——与陶渊明《归去来辞》“归去来兮，田园将芜胡不归”一句显有关联。此阶段的芜村似乎以绘画为主业，以俳句写作为余技，留下的诗作或画作并不多。1751年8月，三十六岁的芜村结束十年浪游生活迁移至京都，首度住进禅寺，剃发，穿僧袍。1754年，又移往他母亲的家乡丹后与谢，寄居于宫津的净土宗见性寺。他在这里逗留了三年，把大半的精力投注于绘画，勤学“文人画”（南画），创作了许多山水、人物、花鸟画作。与谢芜村或许受到俳人、画家彭城百川（1697—1752）影响，将日本与中国的文学、艺术元素融合在一起。迟至1757年，他虽自认是画坛正宗“狩野派”的追随者，却已然转向“文人画”风。

1757年9月，芜村回到京都，在此终老。回到京都的第二年，他将姓氏从“谷口”改为“与谢”。他大约在1760年、四十五岁时结婚，妻子名为とも（Tomo），也是诗人，他们育有一女，名くの（Kuno）。芜村靠教人写诗与卖自己的画为生，但仍有极多时间写俳句，此后二十几年，创作量越来越大。1760年代的芜村已然是头角崭露、才气受肯定的文人画家，而后终成为与池大雅（1723—1776）并列的江户时代文人画巨匠（1771年，芜村与池大雅合作完成以李渔《十便十二宜诗》为主题、现今被列为“日本国宝”的《十便十宜图》，芜村画其中《十宜图》）。

1766年，芜村与昔日夜半亭同门炭太祇、黑柳召波成立俳句社“三菓社”。同年秋天，他离开妻女，独赴赞岐（今香川县）。翌年回京都后又再赴赞岐。1770 年，55 岁的芜村被推为夜半亭领导人，继承夜半亭名号，成为“夜半亭二世”，三菓社也易名为夜半亭社。炭太祇、黑柳召波于 1771 年相继过世，幸有高井几董、松村月溪、三浦樗良等杰出新门人入社。从 1772 年开始，夜半亭社陆续印行了多本可观的俳句与连句集。几董于 1773 年、1776 年先后编成《明乌》《续明乌》两选集。芜村于 1777 年写成了前面提到的《春风马堤曲》——以非常中国风的“谢芜邨”为笔名，由十八首俳句或汉诗构成的新类型“俳诗”——这组思乡、思母之作将芜村的诗创作力推至巅峰。

1768 年（明和五年）3 月出版的《平安人物志》里，将以“谢长庚”为艺名的芜村列入画家之部：

谢长庚　字春星　号三菓亭　四条乌丸东へ入町　与谢芜村

正冈子规说：“一般人并非不知芜村之名，只是不晓得他是俳人，只知他是画家。然而从芜村死后出版的书籍来看，芜村生前由于俳名甚高，画名遂不彰。由是观之，芜村在世时画名为俳名所掩，而死后迄今，俳名却又为画名所掩，这是毫无疑问的事实。”这是正冈子规百年前的说法，于二十一世纪的今日观之，芜村以诗坛、画坛双雄之名，蜚声于世界文化圈此一事实，已殆无疑问。

二

在江户那几年是芜村形塑其美学的关键时期。在诗歌方面，终其一生芜村推崇、追随芭蕉（“当我死时，/愿化身枯芒——/长伴此碑旁”），他感叹芭蕉死后俳句荣景不再（“芭蕉去——/从此年年，大雅/难接续”），喊出“回归芭蕉”的口号——他并非一味地模仿芭蕉，而是企求自由地发挥个人特质——这使他终能求新求变地达于一更多元而富情趣的艺术境界，成为“俳句中兴时期”的健将。在绘画方面，在当时江户幕府“锁国政策”下的日本，他和一群文人向外探看，自中国文人画传统汲取养分，强调艺术创作自由，为艺术而艺术，不受绘画市场宰制。就诗人/画家芜村而言——如前所述——他依靠作画即可维生，可以自由地写自己想写的诗，因此，不论绘画或写诗，他皆能找到抵抗“市俗之气”的艺术创作之道。“回归芭蕉”的芜村，与芭蕉之别在于：芭蕉倡导“高悟归俗”（こうごきぞく），亦即“用心领悟高雅之物，但最终回归凡俗的世界”（高く心を悟りて、俗に帰るべし），追求“轻”（軽み）或日常性的诗的风格；芜村则提出“离俗论”，主张“俳句的写作应该用俗语而离俗”（俳諧は俗語を用ひて俗を離るるを尚ぶ），说“离俗而用俗，此离俗最难处”（俗を離れて俗を用ゆ、離俗ノ法最もかたし）——他最终所求是“离俗”，而非芭蕉的“归俗”。有门人问捷径为何，他答“读汉诗”，他认为汉诗虽然与俳句有别，照样能带给俳句写作者“去俗”之功——他说“去俗无他法，多读书则书卷之气上升、市俗之气下降矣。”芜村如是在中国文学、绘画以及日本古典文学中探索，悠游于一个远比周遭的现实更美好的世界，一个优雅和想象的小宇宙。芭蕉认同日常的“归俗论”和芜村拒斥当代社会的“离俗论”，这两种不同诗观反映出十七世纪末元禄时期的文化与十八世纪后期文人思想间的根本差异。

芜村的俳谐风格多样，其最令人印象深刻的几个特质如下：对人物写实性的刻画；虚构的叙事手法；营造童话般氛围的功力；富含戏谑和幽默的趣味；以画家之眼呈示诗作；建构想象与浪漫的天地；大量借用中国和日本的古典文学，引领读者进入另一个世界。当代俳句学者山下一海，曾各以一字概括三大古典俳人特征：芭蕉——“道”；芜村——“艺”；一茶——“生”。对与谢芜村而言，艺术即人生，想象即旅行。他的俳句上演着漫漫人生道上“生之戏剧”。

正冈子规在 1897 年（明治三十年）发表的《俳人芜村》一文中，力赞芜村的俳句具有积极、客观、人事、理想、复杂、精细等多种美感。他说："美有积极与消极两种。积极的美指的是构思壮大、雄浑、劲健、严厉、活泼、奇警。消极的美则指意境古雅、幽玄、悲惨、沉静、平易……。参悟了唐代文学的芭蕉多取消极的意境，后世所称芭蕉派者也大多仿此。这是寂、雅、幽玄、细腻且至美之物，极尽消极。学习俳句者因此多崇尚以消极之美为唯一之美，而视艳丽、活泼、奇警为邪道、卑俗……。一年四季中，春夏为积极，秋冬为消极。芜村最爱夏季，夏之俳句最多。其佳句亦多在春夏二季。这已是芜村与芭蕉的不同。"芜村固然写了颇多夏天或其他题材的明亮、明快俳句，但他写了更多异想的、妖冶的、超现实的、荒谬的、病态／狂态的、恶搞／kuso 的俳句——它们究属刚或柔，阴或阳，优或劣？子规对积极、消极美的判别，不免有武断或难以周延处。我们阅读芜村俳句，或可抛开不必要的旗帜、术语、标签，只需如终日悠缓起伏、伏起的春之海般，敞开心胸，悠哉游哉领受之……

底下，我们愿举一些诗例，与读者分享芜村俳句之美。

三

芭蕉 1689 年写过一首俳句——“汐越潮涌 / 湿鹤胫—— / 海其凉矣！”（汐越や鶴脛ぬれて海涼し），隔了 85 年（1774），芜村也有一首类似的俳句——“晚风习习—— / 水波溅击 / 青鹭胫”（夕風や水青鷺の脛をうつ）。两者有何差别？两者皆静中有动，虽然芜村诗中的画面可能更具动感些。

写静态的景色容易，若要融动态的人事于写生之中，在客观写景掺杂主观情思，又不流于滥情，则非易事。芜村有多首动静交融，寓情于景的佳作：

留赠我香鱼，/ 过门不入—— / 夜半友人

刺骨之寒——亡妻的 / 梳子，在我们 / 卧房，
　我的脚跟底下

乞丐的妻子帮他抓虱子——梅树下

手执草鞋—— / 悠哉 / 涉越夏河

刈麦的 / 老者——弯曲 / 如一把镰刀

薄刃菜刀掉落 / 井里——啊 / 让人脊背发冷

与谢芜村的俳句题材广泛，我们说对他而言“艺

术即人生，人生即艺术”。他的“生之舞台”上登场的首先当然是人，但每以新的笔触或视角呈现之。他笔下就有许多让人印象深刻的女性——譬如，有重情义的失婚女：“虽已离异——／仍到他田里／帮忙种稻”；有梦想来世命运翻转的烟花女：“出来赏樱——／花前的妓女，梦想／来世是自由身”；有心中纵有千言万语也无法表达的哑女：“怀中带着小香袋／——哑女也长大成／怀春女了……”；还有投河自尽的美女与疯女：“以春天的流水／为枕——她的乱发／飘漾……”“白日之舟上白日之／女的白色疯狂：春／水”。据说芜村的母亲于芜村十三岁时投水自杀，上面“春水诗”也许就是芜村思母之作。

身为画家的芜村十分重视构图和色泽，又因为有些诗是“画赞”（画作上的题词），所以写生感和画趣十足，譬如：

春之海——／终日，悠缓地／起伏伏起

逆狂风而驰——／五六名骑兵／急奔鸟羽殿

蜗牛角／一长一短——／它在想啥？

古井：／鱼扑飞蚊——／暗声

月已西沉——／四五人／舞兴仍酣……

一只黑山蚁 / 鲜明夺目 / 爬上白牡丹

阎罗王张口 / 吐舌——吐出 / 一朵牡丹花

他有一首俳句写跨繁华京都加茂川（今称鸭川）的四条、五条桥（“春水や四条五条の橋の下”），据说桥上行人如织，众声如流动的鼎沸——读此诗，脑海立刻闪现鲜明画面，一首“图象诗”俨然成形，我们遂大胆中译如下：

四条五条桥之下：

啊，春水…………

翻译俳谐之句，当然要有俳谐精神！更何况策划、出版拙译俳句集者名适为“雅众”——你看四条中文译文线里反复成形的“众”，仿佛向既雅且“众”的花都京都四条、五条致敬呢。

芜村俳句舞台“生之戏剧”，有时上演的是以动植物（或非生物）为演员，颇具卡通或童话趣味的“人形剧”（木偶戏），譬如：

寒夜里 / 造访猴先生—— / 一只兔子

水桶里，互相 / 点头致意——/ 甜瓜和茄子

荻花初长的 / 野地里——小狐狸 / 被什么东西呛到了?

高台寺：/ 黄昏的荻花丛里——/ 一只鼬鼠

枯黄草地——/ 狐狸信差 / 快脚飞奔而过

煤球像黑衣法师——/ 从火桶之窗 / 以红眼偷窥……

黑猫——通身 / 一团墨黑,摸黑 / 幽会去了……

有时则是展现人情之美和生之幽默的“默剧”，或者有着开放性结局且读者可参与编剧的“时代剧”，譬如：

春雨——/ 边走边聊：/ 蓑衣和伞……

春将去也——/ 有女同车，/ 窃窃私语……

紫藤花开的茶屋 / ——走进一对 / 形迹可疑的夫妇

人妻——/ 佯看蝙蝠,隔着巷子 / 目光勾我……

有时则是有着冷艳、妖冶情调 / 情节，聊斋式的“志异剧”，譬如：

狐狸爱上巫女，/ 夜寒 / 夜夜来寻……

狐狸嬉游于 / 水仙花丛间—— / 新月淡照之夜

冬夜其寒——化作 / 狐狸的僧人拔己身狸毛 /
为笔，书写木叶经……

狐狸化身 / 公子游—— / 妖冶春宵……

夏月清皎—— / 河童所恋伊人 / 住此屋吗？

初冬阵雨—— / 寺里借出的这支破伞，似乎 /
随时会变身成妖怪！

而他每每只给你一张剧照，一个停格的画面——不是整出剧、不是整部电影——让观者自行拓展想象的空间，创构自己 17 音节 / 17 秒的微电影、极短剧！

芜村是诗剧场高明制作人，虽然只用一张剧照。以“刺骨之寒——亡妻的 / 梳子，在我们 / 卧房，我的脚跟底下”一诗为例，一般都认为是芜村心境的写照，将之解读为：丧妻的诗人独眠时无意中踩到亡妻的梳子，忆及往日，孤寂的寒意涌上心头。事实是：此诗写于 1777 年，当时芜村的妻子仍健在（她在芜村死后 31 年——1814 年——才过世）。所以这不是诗人的亲身经验，诗中的说话者不是诗人，而是深陷思念之苦的所有鳏夫。芜村“虚拟”实境，让此诗具有人类共感的情愫。无怪乎正冈子规说他的诗具有客观之美。以脚触梳子的刺感或冷感比喻难耐的锥心之痛，不愧是善用譬喻的大师。“梅雨季：/ 面向大河——/ 屋两间”是另一佳例——梅雨下不停，两间房子在水位不断高涨的河岸上，引发观者两种联想：它们前景堪忧，因为随时都可能被淹没；它们在困境中彼此相依，互为倚靠。有论者以为这样的两间房子是诗人与其女儿（当时已离婚）的自况，顿时将此诗从写实提升到象征的层次，丰富了诗作的意涵。

他将看似冲突的两个元素并置——美与丑，神圣与鄙俗，高贵与低贱，阳刚与阴柔——进而产生奇异的张力。在“乞丐的妻子 / 帮他抓虱子——/ 梅树下”一诗，乞丐妻子在美丽的梅树下替丈夫抓虱子，虱之丑与梅之美并陈，巧妙暗示读者：贫穷夫妻间流露出的真情是最自然的美景；在“在大津绘上 / 拉屎后飞走——/ 一只燕子”和“杜若花开——/ 鸢粪从天而降，/ 花蕊上佯作花蕊……”二诗，他逗趣地让不懂艺术的燕子与艺术扯上关系，将鸢粪无违和感地与自然美景融合在一起，而在“高僧——/ 在荒野，就位 / 放屎……”一诗，他领先后来大量书写屁、尿、屎的小林一茶，让“大德”的高僧自在地在大地大便，让天（自然）人合一，让小林一茶在三十年后也推出“高僧在野地里／大便——／一支阳伞”与他比美。另外，在“中秋满月——／男佣出门／丢弃小狗”一诗，月圆人团圆的中秋夜，小狗竟遭丢弃成流浪狗，真是明白而让人无语的讽刺。而在“相扑力士旅途上／遇到以柔指克刚的／家乡盲人按摩师”，“白梅灿开——／北野茶店，几个／相扑力士来赏花”，以及“相扑败北心／难平——以口反扑／枕边怨不停”等诗，卸下阳刚之力与貌的相扑力士竟也有赏花之雅兴，竟也像娘儿们一样抱怨发牢骚。

江户时代后期的作家上田秋成曾说与谢芜村是用假名写汉诗的诗人。我们甚至也可说他是用汉字写日本俳句的诗人。汉文造诣甚高的芜村喜欢在俳句中大量使用汉字，一首十七音节的俳句里，他每每只用了三两个或三五个假名，其余皆为汉字（甚至也有全用汉字之句！）：

柳散清水涸石処々（柳丝散落，／清水涸——／岩石处处）

蟻王宮朱門を開く牡丹哉（蚁王宫，朱门／洞开——／啊，艳红牡丹！）

待人の足音遠き落葉哉（久候之人的脚步声／远远地响起——／啊，是落叶！）

五六升芋煮る坊の月見哉（僧坊煮芋 / 五六升，乐赏 / 今宵秋月明）

代代の貧乏屋敷や杜若（杜若花开—— / 在一代又一代 / 贫穷人家院子里）

真夜半氷の上の捨小舟（午夜——冰上 / 被弃的 / 歪斜的小舟）

朝顔や一輪深き淵の色（一朵牵牛花 / 牵映出 / 整座深渊蓝）

古傘の婆娑と月夜の時雨哉（初冬阵雨—— / 一支旧伞 / 婆娑于月夜下）

霜百里舟中に我月を領す（霜百里—— / 舟中，我 / 独领月）

秋風や酒肆に詩うたふ漁者樵者（秋风瑟瑟—— / 酒肆里吟诗，啊 / 渔者樵者！）

他也常转化或借用中国古诗句法，加以变奏。譬如他显然读过苏轼《后赤壁赋》里的“山高月小，水落石出”，转而写下“柳丝散落，/ 清水涸—— / 岩石处处”，看似写景，实则喟叹往昔西行法师（1118—1190）和芭蕉所在的诗的盛世已不再。他用《诗经·郑风》“有女同车，颜如舜华”之句，写下“春将去也——/有女同车，窃窃私语……”；用北宋绍雍诗作《清夜吟》首句，写出“月到天心处/——清心/行过穷市镇”；借白居易《琵琶行》声调、意象，描绘京都宇治河秋日急湍——“啊，秋声——裂帛般/一音接一音，自/琵琶奔泻出的激流……”；把司马相如挑逗卓文君的琴声，转成日本三味线音色，向年轻艺妓示爱——“我所恋的阿妹篱围边/三味线风的荠花开放——/好似为我拨动她心弦”。在写“一根葱/顺易水而下——/寒兮”时，《易水歌》名句“风萧萧兮易水寒，壮士一去兮不复还”必定在其脑中；以杜甫《房兵曹胡马诗》中“风入四蹄轻”一句为动机，他变奏出“名马木下四蹄/轻快扬起风——/树下落樱纷纷”这样画面生动又语意、音韵巧妙的佳句。

芜村用字精炼，语调不俗，除了重视文字的绘画感，也讲究诗歌的节奏、律动与音乐性，句法的对称、句型的复沓以及拟声或拟态词是他常用的手法。我们且举几例，并以斜体罗马拼音标示出原诗相关声响“亮点”：

春之海——/终日，悠缓地/起伏伏起

（haru no umi / hinemosu *notari* / *notari* kana）

远远近近 / 远远近近 / 捣衣的声音……

（*ochikochi* / *ochikochi* to utsu / kinuta kana）

秋风中扬起的 / ——是 / 秋天的风哪……

（*aki kaze* ni / okurete fuku ya / *aki* no *kaze*）

苔清水—— / 东西南北来 / 东西南北流……

（*izuchi* yori / *izuchi* tomonaki / koke shimizu）

梅花遍地开 / 往南灿灿然 / 往北灿灿然

（ume ochikochi / minami *subeku* / kita *subeku*）

黄莺高歌 / 一会儿朝这儿 / 一会儿朝那儿

（uguisu no / naku ya *achira muki* / *kochira muki*）

音乐性之外，芜村更巧妙地将语言的歧义性融入其中，“去来去矣，/ 移竹移矣——来去 / 住移已几秋？”一诗是佳例。芜村巧妙地运用两位俳人的名字——向井去来和田川移竹——创造出音、义合一的双重趣味。

出生于大阪附近的芜村在年轻时期虽曾效法芭蕉游历东北方各地，但四十二岁之后，他重回京都，除了几次短暂外出旅行，再不曾离开此地——也就是说，他在京都度过了生命中最后二十六个年头。他曾略带自嘲地写道:“秋暮——/出门一步,即成/旅人”——他哪能像《野曝纪行》旅途上,“荒野曝尸/寸心明,寒风/刺身依然行!”的芭蕉啊!局促城市一隅,京都居,虽不易,但似乎仍令他心喜。虽不富有,但写诗、画画、酒宴(与他所爱的艺妓!)、看戏(看他最喜欢的歌舞伎!),似乎颇洒脱、自得。他六十一岁那年(1776)年底女儿出嫁,她会弹十三弦的“琴”(こと),可说是音乐家。但芜村的亲家据说是大阪某个富豪家的厨子,铜臭味颇重,女儿嫁过去后格格不入,翌年即离婚。1777、1778这两年,芜村画成了多卷取材自芭蕉纪行文、如今成为日本“重要文化财”的《奥之细道图》和《野曝纪行图》——芭蕉浪游,他神游。

画画、写诗,在纸上写生画梦,在陋室神游四方,上下古今,野行、圈绕出一座独特的俳谐之村:“闪电映照——/四海浪击/秋津岛……”;“暴风雪——‘啊,/让我过一夜吧!’/他丢下刀剑……”;“半壁斜阳/映在纸衣上——啊/仿佛锦缎”;“诗人西行法师的被具/又出现——/啊,红叶更红了……”;“火炉已闭——且洗/阮籍、阮咸南阮风格/极简澡……”;“仰迎凉粉/入我肚,恍似/银河三千尺……”;“凉啊——/离开钟身的/钟声……”;“樱花飘落于/秧田水中——啊,/星月灿烂夜!”……

擅长在诗画中动员花、叶、星、月，捕捉诸般光影色泽的与谢芜村，现实生活中也是富浪漫情怀、雅好寻芳问柳的好好色、乐冶游之徒。已婚、为人父的芜村，六十五岁（1780）前后结识了芳龄二十的祇园艺妓小糸，为之神魂颠倒。前面读过他效司马相如向小糸示爱的“三味线”琴挑诗——“我所恋的阿妹篱围边／三味线风的荠花开放——／好似为我拨动她心弦”——去祇园是要花钱的！诗人有情，床头乏金，在篱围外吹口哨、唱唱情歌应该是相当实惠、安全的投资。江户时代平均寿命约五十岁，年过花甲的芜村似乎越活越年轻，创作力越来越旺盛。芜村俳句据说有六成为六十岁以后所作。此等活力恐怕部分来自对爱情的渴望。与小糸的老少／不伦恋，带给他热力，也带给他猜疑、不安、苦恼。在周遭友人忠告下，芜村于1783年（天明三年）4月与小糸断绝往来，但若有所失，时有所思……。芜村一生似有不少夹藏个人情史／情感的俳句：“新长的竹子啊，桥本／那位我喜欢的歌妓／——她在不在？”；“为看歌舞伎新演员公演／——啊，暂别阿妹／温香暖被！”；“有女／恋我吗——／秋暮”；“但愿能让老来的／恋情淡忘——／啊，初冬阵雨”；“逃之夭夭的萤火虫啊，／怀念你屁股一闪／一闪发亮的光……”——最后一首“光”屁股的萤火虫俳句，可能就是忆小糸之作。结束黄昏之恋的同一年10月，芜村重病卧床，12月24日，在病榻上吟出三首辞世俳句，25日黎明前，六十八岁的他溘然长逝——“夜色／又将随白梅／转明……”

日本现代诗人萩原朔太郎称芜村为“乡愁的诗人”。芭蕉一生虽然经常浪迹四方，但不时回到他的家乡伊贺上野。芜村二十岁离开乡毛马村后，再也不曾回去过。芜村是“失落家园”的诗人。芜村以“芜村”为笔名，应是如陶渊明般叹“田园将芜胡不归”，但他居然连一座“芜村”（荒芜的家园）也不可得——他是“无村”之人！双亲死了，童年、少年变成了不良老年，无可回的家园了……但我们的确看到他在都会笼中，在京都四条河原町一角，用诗笔写生画梦，一村又一村建构出乡愁的小宇宙——对失去的家园，对热切呼唤他的整个宇宙的想象——现实中已然荒芜、空白的，他用笔用梦耕出另一村，小于周围世界又大于周围世界的另一个世界。弥漫着“江南 style”的乡愁的《春风马堤曲》。自被折进去的“浪速”的浪里重新浮现的逝水、忧伤、埋火、昆虫志、梦的潜水艇：“埋在灰里的炭火啊／你们好像埋在／我死去的母亲身旁……”；“埋在灰里的炭火啊／吾庐也一样——／藏身于灰灰的雪中”；“风筝轻飘于／昨日另一只风筝／飞过的天空一角”；“噢，蜻蜓——／我难忘的村落里／墙壁的颜色”；“这些蔷薇花——／让我想起／家乡的小路”；“故乡／酒虽欠佳，但／荞麦花开哉！”；“在自己家乡——／即便苍蝇可恨，／我展身昼寝……”；“秋暮——／心头所思唯／我父我母”；“拾骨者在亲人／骨灰中捡拾／——啊，紫罗兰”；“吃啊、睡啊／在桃花下——／像牛一样……”；“被一滴雨／击中——蜗牛／缩进壳里”；“雨中的鹿——／它的角，因为爱，／没有被溶坏……”；“今宵月明——／我的伞也化身为／一只独眼兽”；“远山峡谷间／樱花绽放——／宇宙在其中”……

够积极了，诗人，你洛可可式的，断面的，碎片的，万花筒式的，妖艳的，疏懒无用的新感觉，消极美……在二十一世纪的今日，犹给不安、犹疑的我们一支可折叠的独眼兽伞，一副免洗免镜片无重力的蜻蜓眼镜——看诗。看海。

春之海终日悠哉游哉……

四

要感谢二十年前在花莲慈济大学东方语文系修习陈黎“现代诗”课、这些年来对日本古典诗与现代诗怀抱极大热情的杨惟智，再次无私地借我们他珍藏的几本芜村诗集——特别是日本集英社出版的《古典俳文学大系 12：芜村集（全）》（1972）、新潮社出版的《新潮日本古典集成：与谢芜村集》（1979），使我们从今年 3 月下旬开始，日日夜夜思之、劳之的这本中译芜村俳句选，得以顺利地在 5 月底暂有所成。没有惟智的奥援，我们这三个月可能要日日日日夜夜夜夜，或日日夜夜日日夜夜加倍思之、劳之。这本拙译俳句选里芜村俳句的写作年代，许多是根据讲谈社 1992 年出版的《芜村全集（第 1 卷）：发句》，有些则参考更近期出版或出土的一些信息，希望在无法完全精准的情况下，能提供给读者一个方便的时间轴。这本《春之海终日悠哉游哉：与谢芜村俳句 300》总共收录与谢芜村俳句中译 369 首。

陈黎、张芬龄

2019 年 5 月　台湾花莲

1　尼寺里，阴历十月

十昼夜念佛会，

送来了润发的发油

☆尼寺や十夜に届く鬢葛（1737）

amadera ya / jūya ni todoku / binkazura

译注：此诗为与谢芜村22岁之作，随其所作的一幅描绘正在读信的长发女子之图，刊于丰岛露月1737年冬编成、1738年夏出版的图文书《卯月庭讯》中，署名“宰町自画”。“宰町”为芜村当时拜“夜半亭”早野巴人为师所用的俳号。日文原作中的“十夜”，指的是阴历十月六日晚上至十五日早上举行的净土宗十昼夜念佛修行。来寺里参加的善男信女们，俗缘未断，仍需发油梳理头发，然而对尼寺里头发已剃光的女尼来说，这些发油闻起来在她们心中也许别有滋味。

2 手持一枝梅花

行走于阴历十二月

往来的人潮中

☆梅さげた我に師走の人通り（1738）

ume sageta / ga ni shiwasu no / hitodōri

译注：此诗为与谢芜村23岁时，以俳号“宰町”发表的最早期作品之一。此诗让人想起小与谢芜村47岁的小林一茶（1763—1827）写的一首俳句——“他穿过拥挤的人群，/手持/罂粟花”（けし提て群集の中を通りけり）。

3 乞丐的妻子

帮他抓虱子——

梅树下

☆虱とる乞食の妻や梅がもと（1739）

shirami toru / kojiki no tsuma ya / ume ga moto

4 一年将尽——

垃圾沿樱花河

漂流而下

☆行年や芥流るるさくら川（1740）

yuku toshi ya / akuta nagaruru / sakuragawa

5 我的泪也许古老，

它们依然

涌如泉……

☆我泪古くはあれど泉かな（1742）

waga namida / furuku wa aredo / izumi kana

译注：此诗为与谢芜村悼念恩师——江户时代俳谐流派“夜半亭”创始者宋阿（即“早野巴人”）之作。“夜半亭”一派延续三代，与谢芜村为第二代领导者，第三代为高井几董（1741—1789）。

6 柳丝散落，

清水涸——

岩石处处

☆柳散清水涸石処々（1743）

yanagi chiri / shimizu kare ishi / tokorodokoro

译注：此诗为与谢芜村于奥州旅行时，慕松尾芭蕉《奥之细道》旧迹，在访芭蕉所慕歌人西行法师歌咏过的今那须郡芦野“游行柳”时所写之作。芭蕉 1689 年《奥之细道》旅途中，有诗“一整片稻田 / 他们插完秧，我自 / 柳荫下离去”（田一枚植ゑて立ち去る柳かな）。西行则于十二世纪行脚奥州时，写了底下短歌——“路边柳荫下 / 清水潺潺，小歇 / 片刻—— / 不知觉间 / 久伫了”（道の辺に清水流るる柳かげしばしとてこそたちどまりつれ）。当年的柳荫柳影与潺潺清水，在芜村诗中已成枯柳、干水，仿佛喟叹巨匠西行、芭蕉所在的诗歌的伟大时代已不复见。芜村此首俳句全用汉字，为“汉诗调”极浓之作。化用了苏东坡《后赤壁赋》中“水落石出”之意象。

7 旧棉被一条——

该盖我的头

或我的脚?

☆かしらへやかけん裾へや古衾（1744—1748 间）

kashira e ya / kaken suso e ya / furubusuma

8 寒夜里

造访猴先生——

一只兔子

☆猿どのの夜寒訪ゆく兎かな（1751）

sarudono no / yosamu toiyuku / usagi kana

9 冬日枯树林前的

鸳鸯——

尽美矣

☆鴛に美を尽してや冬木立（1751）

oshidori ni / bi o tsukushite ya / fuyu kodachi

10 萝卜已成

老武士——啊，新秀

嫩菜今登场……

☆老武者と大根あなどる若葉哉（1752）

oimusha to / daikon anadoru / wakaba kana

11 水桶里，互相

点头致意——

甜瓜和茄子

☆水桶にうなづきあふや瓜茄子（1755）

mizuoke ni / unazukiau ya / uri nasubi

译注：此诗有前书“初逢青饭法师，相谈甚欢仿佛旧识”。青饭法师即下面第16首俳句中提到的俳人云里房。

12 梅花正灿开——

“梅”字怎么写

有何差别？

☆梅咲きぬどれがむめやらうめぢややら（1756）

ume sakinu / dore ga mume yara / ume ja yara

13 手执草鞋——

悠哉

涉越夏河……

☆夏河を越すうれしさよ手に草履（1751-1757 间）

natsukawa o / kosu ureshisa yo / te ni zori

14 冬夜其寒——化作

狐狸的僧人拔己身狸毛

为笔，书写木叶经……

☆肌寒し己が毛を噛む木葉経（1751—1757 间）

hadasamushi / ono ga ke o kamu / konowakyō

译注：木叶经，书写于树叶上的经文。

15 虽已离异——

仍到他田里

帮忙种稻

☆去られたる身を踏込で田植哉（1758）

sararetaru / mi o fungonde / taue kana

16 秋风吹过——

稻草人

原地晃动……

☆秋風のうごかして行案山子哉（1760）

akikaze no / ugokashite yuku / kagashi kana

译注：此诗前书“云里房有筑紫之旅，约我同行，我未能与之同往”。渡边云里房（1693—1761），为芭蕉门人各务支考（1665—1731）的弟子，和与谢芜村相交，于1760年秋启程游历筑紫，翌年4月27日病逝。此诗为芜村自剖心境之句，以秋风比漂泊、云游的云里房，以稻草人自喻。俳圣芭蕉一生告终于旅途，芜村虽心向往之，中年以后却常居京都，以一隅为其天地，俯仰终宇宙，生命情调颇有别于四方漂泊的芭蕉。

17 一阵雨落：坟场上

送死者到冥途的悲泣

以及布谷鸟的啼声……

☆一雨の一升泣やほととぎす（1761）

hitoame no / ichishō naki ya / hototogisu

译注：此俳句有题“坟场布谷鸟”。布谷鸟，据传为经常往返于此世与冥界之鸟。日文原诗中的“一升泣”，本意为雇葬仪社“哭丧女”（泣き女）哭泣，付以一升米之酬。

18 春之海——

终日，悠缓地

起伏伏起

☆春の海終日のたりのたり哉（1763之前）

haru no umi / hinemosu notari / notari kana

19 好细啊，武士的

衣带——坐在

竹席上乘凉

☆弓取の帯の細さよたかむしろ（1766）

yumitori no / obi no hososa yo / takamushiro

20 朴树旁，

听蝉声鸣叫——幸得

半日之闲!

☆半日の閑を榎やせみの声（1766）

hanjitsu no / kan o enoki ya/ semi no koe

译注：此俳句前书“寓居”。

21 二十日行路——

云峰，高耸于我

前屈的脊梁上

☆廿日路の背中に立や雲の峰（1766）

hatsu kaji no / senaka ni tatsu ya / kumo no mine

译注：与谢芜村的时代，从江户往京都的旅程，一趟约需十五日。行路二十日，在当时算是极长途之旅，芜村此诗生动描绘出身体因疲惫而前屈的旅人之姿。

22 被闪电

焚毁的小屋旁——

甜瓜花

☆雷に小屋はやかれて瓜の花（1766）

ikazuchi ni / koya wa yaka rete / uri no hana

23 采摘自家

园子里的甜瓜

仿佛做贼一般

☆我園の眞桑も盗むこころ哉（1766）

waga sono no / makuwa mo nusumu / kokoro kana

24 阵阵山风

吹下，

轻抚秧苗……

☆山おろし早苗を撫て行衞哉（1768）

yamaoroshi / sanae o nadete / yuku e kana

25 茶树之花：

是白，是黄——

难说矣……

☆茶の花や白にも黄にもおぼつかな（1768）

cha no hana ya / shiro nimo ki ni mo / obotsu kana

26 噢，蜻蜓——

我难忘的村落里

墙壁的颜色

☆蜻蛉や村なつかしき壁の色（1768）

tonbo ya mura / natsukashiki / kabe no iro

27 蜗牛角

一长一短——

它在想啥?

☆蝸牛何思ふ角の長みじか(1768)

katatsumuri / nani omō tsuno no / naga mijika

28 狩衣的袖子里

萤火虫闪烁

爬行……

☆狩ぎぬの袖の裏這ふほたる哉(1768)

kariginu no / sode no ura hau / hotaru kana

译注:狩衣(狩ぎぬ),为日本平安时代以降,高官或武士所穿的一种便服。

29 守庙的老者，看着

逐渐朦胧的小草

——啊，夏月已升

☆堂守の小草ながめつ夏の月（1768）

dōmori no / ogusa nagametsu / natsu no tsuki

30 乌鸦稀，

水又远——

蝉声断续……

☆烏稀に水又遠しせミの声（1768）

karasu mare ni / mizu mata tōshi / semi no koe

31 为找乐子

我用草汁

在团扇上作画

☆手すさびの団画かん草の汁（1768）

tesusabi no / uchiwa egakan / kusa no shiru

32 犹疑是否

剪下一朵白莲——

一名僧人

☆白蓮を切らんとぞ思ふ僧のさま（1768）

byakuren o / kiran to zo omō / sō no sama

33 石匠切石，火星

四射——点点

散落清水中……

☆石切の飛び火流るる清水かな（1768）
ishikiri no / tobihi nagaruru / shimizu kana

34 石匠，停下来

——清水中

让凿刀冷却

☆石工の鑿冷したる清水かな（1768）
ishikiri no / nomi hiyashi taru / shimizu kana

35 鸟鸣——

鱼梁

水声黯然

☆鳥叫て水音暮るる網代かな（1768）

tori naite / mizuoto kurreruru / ajiro kana

译注：鱼梁，一种用木桩、柴枝等制成篱笆或栅栏，置于河流或出海口处，用以捕鱼的装置。

36 古井：

鱼扑飞蚊——

暗声

☆古井戸や蚊に飛ぶ魚の音くらし（1768）

furuido ya / ka ni tobu uo no / oto kurashi

37 留赠我香鱼，

过门不入——

夜半友人

☆鮎くれてよらで過行夜半の門（1768）

ayu kurete / yorade sugiyuku / yoha no kado

38 好酸的青梅啊——

让美人

皱眉！

☆青梅に眉あつめたる美人哉（1768）

aoume ni / mayu atsumetaru / bijin kana

39 打了个喷嚏：

没错——

秋天真的来了！

☆秋来ぬと合点させたる嚔かな（1768）

aki kinuto / gaten sasetaru / kusame kana

40 半壁斜阳

映在纸衣上——啊

仿佛锦缎

☆半壁の斜陽紙子の袖の錦かな（1768）

hanken no shayō / kamiko no sode no / nishiki kana

译注：日文原诗中的“纸子”即纸衣，用日本纸做成的轻且保温性佳的衣服。常为贫穷人家所用。

41 温泉水清

见我足——

今朝清秋

☆温泉の底に我足見ゆる今朝の秋（1768）

yu no soko ni / waga ashi mi yuru / kesa no aki

译注：日文原诗中“今朝の秋”，指立秋日的早晨。

42 一朵牵牛花

牵映出

整座深渊蓝

☆朝顔や一輪深き淵の色（1768）

asagao ya / ichirin fukaki / fuchi no iro

译注：此诗有前书“涧水湛如蓝”。

43 闪电映照——

四海浪击

秋津岛……

☆稲妻や浪もてゆえる秋津島（1768）

inazuma ya / nami mote yueru / akitsu shima

译注：秋津岛为日本国古称。此诗仿佛是揣测日本列岛如何诞生之“起源论”“宇宙论”神话 / 风景诗，想象华美，画面壮阔，可媲美芭蕉 1689 年所写之句——“夏之海浪荡：/ 大岛小岛 / 碎成千万状”（島々や千々に砕きて夏の海）。

44 月已西沉——

四五人

舞兴仍酣……

☆四五人に月落ちかかるおどり哉（1768）

shigo nin ni / tsuki ochikakaru / odori kana

45 中风病者爱舞蹈——

一舞，病躯

尽忘……

☆をどり好中風病身を捨かねつ（1768）

odori suki / chūbū yamumi o / sute kanetsu

46 相扑败北心

难平——以口反扑

枕边怨不停

☆負まじき角力を寝ものがたり哉（1768）

maku majiki / sumai o / nemono gatari kana

47 萩花初长的

野地里——小狐狸

被什么东西呛到了？

☆小狐の何にむせけむ小萩はら（1768）

kogitsune no / nanni muse kemu / kohagi hara

48 高台寺：

黄昏的萩花丛里——

一只鼬鼠

☆黄昏や萩にいたちの高台寺（1768）

tasogare ya / hagi ni itachi no / kōdaiji

49 月到天心处

——清心

行过穷市镇

☆月天心貧しき町を通りけり（1768）

tsuki tenshin / mazushiki machi o / tōrikeri

译注：北宋邵雍（1011—1077）有诗《清夜吟》——“月到天心处，风来水面时。一般清意味，料得少人知。”天心，谓天空中央。

50 逆狂风而驰——

五六名骑兵

急奔鸟羽殿

☆鳥羽殿へ五六騎いそぐ野分哉（1768）

tobadono e / gorokki isogu / nowaki kana

译注：鸟羽殿，位于洛南鸟羽（今京都市伏见区）之离宫。平安时代后期，应德三年（1086）时白河天皇开始营造，完成于鸟羽天皇时。

51 远远近近

远远近近

捣衣的声音……

☆遠近をちこちと打つ砧哉（1768）

ochikochi / ochikochi to utsu / kinuta kana

52 去来去矣，

移竹移矣——来去

住移已几秋？

☆去来去り移竹移りぬ幾秋ぞ（1768）

kyorai sari / ichiku utsuri nu / iku aki zo

译注：此俳句有前文“思古人移竹”，用两位俳人的名字巧妙成诗。向井去来（1651—1704），江户时代前期俳人，松尾芭蕉弟子，“焦门十哲”之一。田川移竹（1710—1760），江户时代中期俳人，私淑向井去来。

53 小道——

几乎被落叶

掩埋了……

☆細道を埋みもやらぬ落葉哉（1768）

hosomichi o / uzumimo yaranu / ochiba kana

54 刻在樱树上的忠臣

之诗，哀哉，被怪啄木鸟

啄毁且拉屎其上……

☆桜木の詩を屎にこくてらつつき（1768）

sakuragi no / shi o kuso ni koku / tera tsutsuki

译注：日本镰仓时代末期至南北朝时代活跃的武将儿岛高德，曾潜入后醍醐天皇于院庄（今冈山县津山市）行宫，在樱树上刻下一誓忠之诗——“天莫空勾践，时非无范蠡”。日文原诗中的“てらつつき”（寺つつき），是传说中形如啄木鸟的怪鸟，憎恨佛法，每刺啄、破坏庙柱。芜村此俳句将忠臣之诗与啄木鸟之屎（音くそ：kuso）混为一谈，的确颇搞笑、kuso！

55 中秋满月——

男佣出门

丢弃小狗

☆名月にゑのころ捨る下部哉（1768）

meigetsu ni / enokoro sutsuru / shimobe kana

56 秋暮——

心头所思唯

我父我母

☆父母のことのみおもふ秋のくれ（1768）

chichihaha no / koto nomi o mō / aki no kure

57 鹳鸟的巢

被鱼梁困住了——

秋末狂风

☆鴻の巣の網代にかかる野分かな（1768）

kō no su no / ajiro ni kakaru / nowaki kana

58 初冬阵雨——

楠树的根，静静浸

润着……

☆楠の根を静にぬらすしぐれ哉（1768）

kusu no ne o / shizuka ni nurasu / shigure kana

59 煤球像黑衣法师——

从火桶之窗

以红眼偷窥

☆炭團法師火桶の窓より覗ひけり（1768）
tadon hōshi / hioke no mado yori / ukagaikeri

60 用一粒米饭

黏补纸衣上的

小破洞

☆めしつぶで紙子の破れふたぎけり（1768）
meshitsubu de / kamiko no yabure / futagikeri

61 寒风急急

何以为生——

这五户人家

☆こがらしや何に世わたる家五軒（1768）

kogarashi ya / nanini yo wataru / ie go ken

62 家家灯

火影，映现

雪屋中

☆宿かさぬ灯影や雪の家つづき（1768）

yado kasanu / hokage ya yukino / ie tsuzuki

译注：此诗以冬夜流浪屋外的旅人或乞者视角，
写雪屋内家家户户入门各自媚的情景。

63 暴风雪——“啊，

让我过一夜吧！”

他丢下刀剑……

☆宿かせと刀投出す雪吹哉（1768）

yadokase to / katana nagedasu / fubuki kana

64 那女子，促狭地

给卖炭人一面镜子——

照他的炭脸

☆炭うりに鏡見せたる女かな（1768）

sumiuri ni / kagami misetaru / onna kana

65 冬天的河——

拜佛时祭献的花

漂流过来

☆冬川や佛の花の流れ來る（1768）

fuyukawa ya / hotoke no hana no / nagare kuru

66 声音传入

窄巷弄——

冬日念佛声

☆細道になり行聲や寒念佛（1768）

hosomichi ni / nariyuku koe ya / kan nembutsu

67 初冬阵雨——

眼前物

漫漶成旧时景……

☆目前をむかしに見する時雨哉（1768）

me no mae ni / mukashi o misuru / shigure kana

68 年假回家——

小红豆炊煮中

一场黄粱梦

☆藪入の夢や小豆の煮える中（1769）

yabuiri no / yume ya azuki no / nieru uchi

译注：日语“薮入”（やぶいり），正月或盂兰盆节，佣人请假回家的日子。此处为正月新年放假。新年期间有煮粥吃之庆祝之习。唐人有黄粱梦，此处是小红豆炊煮中梦黄粱。

69 春雨——屋顶上

浸泡雨中的是

孩子的破布球

☆春雨にぬれつつ屋根の毬哉（1769）

harusame ni / nuretsutsu yane no / temari kana

70 春雨——

刚好足以打湿

小沙滩上的小贝壳……

☆春雨や小磯の小貝ぬるるほど（1769）

harusame ya / koiso no kogai / nururu hodo

71 高丽船

不靠岸

驶入春雾中……

☆高麗舟のよらで過ゆく霞かな（1769）

komabune no / yorade sugiyuku / kasumi kana

72 踩着

山鸟的尾巴——春天的

落日

☆山鳥の尾をふむ春の入日哉（1769）

yamadori no / o o fumu haru no / irihi kana

译注：山鸟，尾巴极长，经常出现于日本古典诗歌中。

73 风筝轻飘于

昨日另一只风筝

飞过的天空一角

☆几巾きのふの空のありどころ（1769）

ika nobori / kino no sora no / ari dokoro

74 古庭院里

一只茶刷——

啊，灿开的茶花

☆古庭に茶筅花咲く椿かな（1769）

furuniwa ni / chasen hanasaku / tsubaki kana

译注：此诗有题“在隐士居处”。日文原作中的“茶筅”即茶刷，做抹茶时用来搅和茶汤使其起泡的竹制道具。

75 紫藤花开的茶屋

——走进一对

形迹可疑的夫妇

☆藤の茶屋あやしき夫婦休けり（1769）

fuji no chaya / ayashiki meoto / yasumi keri

76 就这里——

小径消没于

水芹中

☆これきりに小道つきたり芹の中（1769）

korekiri ni / komichi tsukitari / seri no naka

77 春去也——和歌作者

恨编选者

割爱退稿!

☆行春や撰者をうらむ歌の主（1769）

yuku haru ya / senja o uramu / uta no nushi

78 春去也——

我那副不合眼的眼镜

不见了

☆行春や眼に合ぬめがね失ひぬ（1769）

yuku haru ya / me ni awanu megane / ushinainu

79 春天最后一日

我以漫步

送别

☆けふのみの春を歩ひて仕舞けり（1769）

kyō nomi no / haru o aruite / shimaikeri

80 春夜——

露出白皙的臂肘假寐的

僧人……

☆肘白き僧の仮寐や宵の春（1769）

hiji shiroki / sō no karine ya / yoi no haru

81 君将去——

思念随杨柳绿意

更行更远更长……

☆君ゆくや柳みどりに道長し（1769）

kimi yuku ya / yanagi midori ni / michi nagashi

82 梅花

开遍原野路——非红

亦非白

☆野路の梅白くも赤くもあらぬ哉（1769）

noji no ume / shiroku mo akaku mo / aranu kana

83 更衣日——

原野路上，旅人们

点点白色

☆更衣野路の人はつかに白し（1769）

koromogae / noji no hito / hatsuka ni shiroshi

译注：此诗有题“眺望”。江户时代阴历四月一日为“更衣日”，脱下棉袍，改穿夏衣。

84 牡丹花落——

两三片

交叠

☆牡丹散ってうちかさなりぬ二三片（1769）

botan chitte / uchikasanarinu / ni san pen

85 阎罗王张口

吐舌——吐出

一朵牡丹花

☆閻王の口や牡丹を吐んとす（1769）

enmao no / kuchi ya botan o / hakantosu

译注：此诗有前书“波翻舌本吐红莲”。白居易《游悟真寺诗一百三十韵》有句“身坏口不坏，舌根如红莲”。

86 攻无不克的

新叶的绿政权——唯独

富士峰未沦陷

☆不二ひとつうづみ殘して若葉かな（1769）

fuji hitotsu / uzumi nokoshite / wakaba kana

87 把一只只萤火虫

放进蚊帐里飞

——一乐也!

☆蚊屋の内にほたるはなしてアア楽や(1769)

kaya no uchi ni / hotaru hanashite / aa raku ya

88 梨树开花——

女子在月下

读信

☆梨の花月に書ミよむ女あり(1769)

nashi no hana / tsuki ni fumi yomu / onna ari

89 夏夜短暂——

毛毛虫身上

颗颗露珠……

☆みじか夜や毛虫の上に露の玉（1769）

mijikayo ya / kemushi no ue ni / tsuyu no tama

90 月光清皎

照瓜棚——可有

逸士隐其中?

☆瓜小家の月にやおはす隠君子（1769）

urigoya no / tsuki ni ya owasu / inkunshi

91 夕颜——

嚼着花朵的猫

另有所思

☆夕顔の花噛ム猫や余所ごころ（1769）

yūgao no / hana kamu neko ya / yosogokoro

92 秋风中扬起的

——是

秋天的风哪……

☆秋風におくれて吹や秋の風（1769）

aki kaze ni / okurete fuku ya / aki no kaze

93 颗颗露珠——

在野蔷薇的

刺上

☆白露や茨の刺にひとつづつ（1769）

shiratsuyu ya / ibara no hari ni / hitotsuzutsu

94 秋夜漫漫——

山鸟，左右脚轮替，

踏在枝上

☆山鳥の枝踏かゆる夜長哉（1769）

yamadori no / eda fumika yuru / yonaga kana

95 啊，菊花露滴滴

湿濡此砚——给它书写的

血气，给它命！

☆菊の露受けて硯の命かな（1769）

kiku no tsuyu / ukete suzuri no / inochi kana

96 晨雾中——

有千户人家的大村子

市场的声音

☆朝霧や村千軒の市の音（1769）

asagiri ya / mura senken no / ichi no oto

97 晨雾——

一幅人来人往

如梦似幻的画

☆朝霧や画にかく夢の人通り（1769）

asagiriya / enikaku yume no / hitodōri

98 晨雾中——

打桩声

丁丁响……

☆朝霧や杭打音丁々たり（1769）

asagiri ya / kuize utsu oto / tōtō tari

99 写诗乞雨的美女

小町之果——

秋田稻熟水尽排……

☆雨乞の小町が果やおとし水（1769）

amagoi no / komachi ga hate ya / otoshimizu

译注：小野小町是日本平安时代传奇女诗人，《古今和歌集》六歌仙之一，据说曾奉圣旨作乞雨诗。她是绝世美女，晚年传说沦为老丑乞丐。小町乞雨止旱，让水稻长成，然秋日丰熟收割前须先尽放田中水——一如美女终老为丑丐，此即乞雨小町之果乎？俳圣松尾芭蕉有一首十四音节的连歌付句“浮生尽头皆小町”（浮世の果ては皆小町なり），亦为咏小町之作。

100 西边风吹来

东边相聚首——

片片落叶

☆西吹けば東にたまる落葉かな（1769）

nishi fukeba / higashi ni tamaru / ochiba kana

101 枯黄草地——

狐狸信差

快脚飞奔而过

☆草枯れて狐の飛脚通りけり（1769）

kusa karete / kitsune no hikyaku / tōri keri

102 一根葱

顺易水而下——

寒兮

☆易水に葱流るる寒哉（1769）

ekisui ni / nebuka nagaru ru / samusa kana

译注：与谢芜村写此诗时，心中一定闪现着这《易水歌》中的名句——“风萧萧兮易水寒，壮士一去兮不复还”。

103 老鼠踏过

菜碟上的声音——

冷啊

☆皿を踏鼠の音のさむさ哉（1769）

sara o fumu / nezumi no oto no / samusa kana

104 薄刃菜刀掉落

井里——啊

让人脊背发冷

☆井のもとへ薄刃を落す寒さ哉（1769）

i no moto e / usuba o otosu / samusa kana

105 一只草鞋沉入

古池——

雨雪飘飘……

☆古池に草履沈ミてみぞれ哉（1769）
furuike ni / zōri shizumite / mizore kana

106 打火石击燃起

火花——寒梅

两三朵

☆寒梅やほくちにうつる二三輪（1769）
kanbai ya / hokuchi ni utsuru / nisanrin

107 有些昨日飞离，

有些今日飞离——

啊，今夜已无雁群

☆きのふ去ニけふいに雁のなき夜哉（1770之前）

kinō ini / kyō ini kari no / naki yo kana

108 以臂为枕——

我确然喜欢

朦胧月下的自己

☆手枕に身を愛す也おぼろ月（1770）

temakura ni / mi o aisu nari / oborozuki

109 名马木下四蹄

轻快扬起风——

树下落樱纷纷

☆木の下が蹄の風や散桜（1770）

konoshita ga / hizume no kazeya / chiru sakura

译注：此诗有题“风入马蹄轻”（出自杜甫《房兵曹胡马诗》中之句“竹批双耳峻，风入四蹄轻”）。“木下”（木の下）为平安时代末期武士源赖政之子源仲纲的爱马之名，此诗中一语双关，亦用来指樱花树下。芜村此诗交融马、风、树下之樱，甚为曼妙。

110 紫藤花——

云梯般

通向天际……

☆藤の花雲の梯かかるなり（1770）

fuji no hana / kumo no kake hashi / kakaru nari

111 被赦免死刑的这对

男女，脱下棉袍，改穿

夏衣——成为夫妇

☆御手討の夫婦なりしを更衣（1770）

oteuchi no / meoto narishi o / koromogae

译注：阴历四月一日为更衣日。对这对（因私通而被判死刑的）男女而言，此日既是改穿夏衣的“更衣”日，也是起死回生的“更新”日。

112 夏夜短暂——

枕边渐

亮：银屏风

☆みじか夜や枕にちかき銀屏風（1770）

mijikayo ya / makurani chi kaki / ginbyōbu

113 夏夜短暂——

隶卒

在河边解手

☆みじか夜や同心衆の河手水（1770）

mijikayo ya / dōshinshū no / kawachōzu

114 人妻拂晓起床——

蓼花般小粒的

细雨飘落……

☆人妻の暁起や蓼の雨（1770）

hitozuma no / akatsuki oki ya / tade no ame

115 摘采梶树叶，

夹在《和汉朗咏集》

作书签

☆梶の葉を朗詠集のしをり哉（1770）

kaji no ha o / rōeishū no / shiori kana

译注：此诗有题“七夕”。日本往昔七夕时，有书写诗或祝愿之语于七枚梶树（即构树）叶上之俗。《和汉朗咏集》，日本平安时代中期收录汉诗、汉文与和歌的诗文选集，约编成于1013年左右。

116 月夜将尽——

猫啊，杓子啊……大家

一起来跳舞

☆月更て猫も杓子も踊りかな（1770）

tsukifukete / neko mo shakushi mo / odori kana

译注：芜村在此诗中用了日本的成语“猫も杓子も”——直译为“猫啊，还有杓子啊……”，有“你啊，我啊，他啊……大家一起来”之意。

117 相扑力士旅途上

遇到以柔指克刚的

家乡盲人按摩师

☆故さとの坐頭に逢ふや角力取（1770）

furusato no / zatō ni au ya / sumōtori

118 我要在

芭蕉叶背面

写芭蕉风诗文……

☆物書に葉うらにめづる芭蕉哉（1770）

monokaku ni / ha ura ni metzura / bashō kana

119 鸭远——

洗锄，

水波动……

☆鴨遠く鍬そそぐ水のうねり哉（1770）

kamo tōku / kuwa sosogu mizu no / uneri kana

120 初雪，以片片雪白

叩问大地——竹林

回以遍照的月光……

☆初雪の底を叩ば竹の月（1770）

hatsuyuki no / soko o tatakeba / take no tsuki

121 雨中的鹿——

它的角，因为爱，

没有被溶坏……

☆雨の鹿戀に朽ぬは角ばかり（1770）

ameno shika / koi ni kuchinu wa / tsuno bakari

122 天寒：鹿的

两只角，像一对枯枝

凝在身上

☆鹿寒し角も身に添ふ枯木哉（1770）

shika samushi / tsuno mo mi ni sō / kareki kana

123 念佛行乞所击

之钵，是夕颜之身

葫芦或骷髅?

☆ゆふがほのそれは髑髏歟鉢たたき（1770）

yūgao no / sore wa dokuro ka / hachitataki

译注：夕颜（ゆふがほ），葫芦科蔓性一年生草本，夏季傍晚开白花。钵叩（鉢たたき），击钵舞蹈、念佛行乞的僧人（空也僧）。此诗将夕颜之身葫芦做成的钵，与骷髅并列，甚为惊悚。

124 新茶茶会——四叠半的

空间：喜多这小咖

也来参一脚，北侧奉陪

☆口切や北も召れて四畳半（1770）

kuchikiri ya / kita mo yobare te / yojo han

译注：口切（くちきり），谓开封、开新茶罐，也指于阴历十月初前后举行的新茶茶会。四叠半，指四席半的小房间，有时亦为茶室的代称。新茶茶会中，每邀并称“四座”（观世、宝生、金春、金刚）与“一流”（喜多）的“能乐”五要角与会。相对于名列“四座”的四“大咖”，喜多在江户时代或许被认为是个“小咖”——四大一小，刚好四叠半。日文原诗中的“北”，发音与“喜多”同，皆为“きた”（kita）。

125 埋在灰里的炭火啊

吾庐也一样——

藏身于灰灰的雪中

☆埋火や我かくれ家も雪の中（1770）

uzumibi ya / waga kakurega mo / yuki no naka

126 大寺樱花秀色

人饱餐——可惜

斋食饭菜少……

☆大寺にめしの少き桜哉（1771 之前）

ōtera ni / meshi no sukuna ki / sakura kana

127 独卧竹席——

竹林七贤般随意

露出屁股！

☆晋人の尻べた見えつ簟（1771 之前）

shin hito no / shiri beta mietsu / taka mushiro

译注：此诗中的晋人可以让人想及西晋的竹林七贤，或东晋“夏月虚闲，高卧北窗之下”的陶渊明。

128 人妻——

佯看蝙蝠，隔着巷子

目光勾我……

☆かはほりやむかひの女房こちを見る（1771之前）

kawahori ya / mukai no nyoubō / kochi o miru

129 屋子里的紫色

若隐若现——

美人的头巾……

☆紫の一間ほのめく頭巾かな（1771之前）

murasaki no / hito ma hono meku / zukin kana

130 在此人世

葫芦自有其一席

安坐之地！

☆人の世に尻を居へたるふくべ哉（1771之前）

hito no yo ni / shiri o suetaru / fukube kana

131 水仙花——

啊，似乎令美人

相形头疼……

☆水仙や美人かうべをいたむらし（1771之前）

suisen ya / bijin kōbe o / itamurashi

132 削年糕的旧霉斑——啊，

明快地削向新柳的

春风……

☆餅旧苔のかびを削れば風新柳の削りかけ（1771）

ochi kyū koke no / kabi o kezureba kaze / shinryū no kezuri kake

译注：此诗有前书“延宝之句风”，是仿延宝（1673—1681）末期“蕉风”之畅快之作，将春风比作为削旧布新的明快小刀，诚为巧喻、奇喻。此诗亦为有违传统俳句5—7—5、十七音节设计的“破调”句。

133 是黄莺或麻雀？

——啊，春天

确然到了

☆鶯を雀歟と見しそれも春（1771）

uguisu o / suzume ka to mishi / sore mo haru

134 端坐

望行云者——

是蛙哟

☆行雲を見つつ居直る蛙哉（1771）

yuku kumo o / mitsutsu inaoru / kawazu kana

135 吃啊、睡啊

在桃花下——

像牛一样……

☆喰ふて寝て牛にならばや桃の花（1771）

kūte nete / ushi ni naraba ya / momo no hana

136 手斧敲叩木头的

声音——笃笃笃笃……

笃定得像啄木鸟

☆手斧打つ音も木ぶかし啄木鳥（1771）

teono utsu / oto mo kobu kashi / keratsutsuki

译注：此诗有题“百工图：木匠”。手斧，一种用以削木材的锄头状的木工工具。

137 杜若花开——

鸢粪从天而降，

花蕊上佯作花蕊……

☆杜若べたりと鳶のたれてける（1771）

kakitsubata / betarito tobi no / tarete keru

138 自臀部发出

学问之光——

萤火虫

☆學問は尻からぬけるほたる哉（1771）

gakumon wa / shiri kara nukeru / hotaru kana

译注：此首妙句有前书“题一书生之闲窗”，显然化用了晋朝车胤聚萤照书、夜以继日之典故。

139 怀中带着小香袋

——哑女也长大成

怀春女了……

☆かけ香や啞の娘の成長（1771）

kakegō ya / oshi no musume no / hito to nari

140 主人一直自责

寿司腌泡的时间

太长了……

☆なれ過た鮓をあるじの遺恨哉（1771）
nare sugita / sushi o aruji no / ikon kana

141 在天愿作比翼

笼——啊，我的抱笼，

我的竹夫人！

☆天にあらば比翼の籠や竹婦人（1771）
ten niaraba / hiyoku no kago ya / chikufujin

译注：此诗谐仿白居易《长恨歌》一诗名句“在天愿作比翼鸟”（此句前一句为“夜半无人私语时”）。日文原作中的“竹妇人”，或称竹夫人、抱笼、竹奴，夏季纳凉用的竹编抱枕。

142 溽暑——

他没佩带武士刀，

他腰插扇子

☆暑き日の刀にかゆる扇かな（1771）

atsuki hi no / katana ni kayuru / ōgi kana

译注：此诗有题“寄扇武者”。

143 今朝立秋——

贫穷

追赶上了我

☆貧乏に追つかれけりけさの秋（1771）

binbō ni / oitsukarekeri / kesa no aki

144 满月——

玉兔在诹访湖上

奔跑嬉戏……

☆名月やうさぎのわたる諏訪の海（1771）

meigetsu ya / usagi no wataru / suwa no umi

译注：诹访湖，位于今长野县境内、诹访盆地正中央的湖泊，为日本一级河川天龙川的发源地。

145 吴山雪霏霏——

古笠下，啊

雪白的菊

☆白菊や呉山の雪を笠の下（1771）

shiragiku ya / gossan no yuki o / kasa no shita

译注：此诗前书“题古笠覆菊图”。北宋僧人可士，有《送僧》诗——“一钵即生涯，随缘度岁华。是山皆有寺，何处不为家！笠重吴天雪，鞋香楚地花。他年访禅室，宁惮路岐赊。”芜村此诗以古笠的暗，对比白菊与雪之明。

146 初冬阵雨急落下——

啊，巫山无暇

系衣带呢

☆しぐるるや山は帯する暇もなし（1771）

shigururu ya / yama wa obi suru / hima mo nashi

译注：此诗前书“加贺、越前一带，颇多知名的俳句女诗人。姿弱、情痴，为女性诗人之特色也。今戏仿其风格。”所指者殆为加贺之千代尼（1703—1775）与越前歌川女。此诗以冬山比宽衣解带、翻云覆雨中的巫山，说“无暇系衣带”。的确戏谑！

147 初冬阵雨——

寺里借出的这支破伞，似乎

随时会变身成妖怪！

☆化さうな傘かす寺の時雨哉（1771）

bakesō na / kasa kasu tera no / shigure kana

148 初冬阵雨——

一支旧伞

婆娑于月夜下

☆古傘の婆娑と月夜の時雨哉（1771）

furugasa no / basa to tsuki yo no / shigure kana

149 初冬阵雨——

蓑虫，慵懒晃荡，

悠哉度日……

☆みのむしのぶらと世にふる時雨哉（1771）

mi no mushi no / bura to yoni furu / shigure kana

150 河豚的脸——

白眼冷看

世间人

☆河豚の面世上の人を白眼ム哉（1771）

fugu no tsura / sejou no hito o / niramu kana

151 冬日枯树林——

两座村落

一当铺

☆両村に質屋一軒冬木立（1764—1771）

futa mura ni / shi chiya ikken / fuyu kodachi

译注：此诗有题“梦想三句”，此为其第一首。

152 元旦早晨，阳光
在沙丁鱼的
头上——闪耀着

☆日の光今朝や鰯のかしらより（1772）
hi no hikari / kesa ya iwashi no / kasira yori

译注：这是 1772 年元旦日所写的俳句。

153 元旦早晨
连吃了三碗年糕汤——
富有得像百万富翁！

☆三椀の雑煮かゆるや長者ぶり（1772）
sanwan no / zoni kayuru ya / chojya buri

154 青柳啊，

要叫你草或树？

吾皇陛下说了算

☆青柳や我が大君の草か木か（1772）

aoyagi ya / waga ōkimi no / kusaka kika

155 且脱乌帽

当升斗，随兴计量

落花数……

☆烏帽子脱で升よと計る落花哉（1773）

eboshi dadde / masu yo to hakaru / rakka kana

156 悲矣——

一丝钓线，在秋风中

飘荡

☆悲しさや釣の糸吹く秋の風（1773）

kanashisa ya / tsuri no ito fuku / aki no kaze

157 秋风瑟瑟——

酒肆里吟诗，啊

渔者樵者！

☆秋風や酒肆に詩うたふ漁者樵者（1773）

akikaze ya / shushi ni shi utau / ryōsha shōja

158 冬日枯树——

斧入

惊异香

☆斧入れて香に驚くや冬木立（1773）

ono irete / ka ni odoroku ya / fuyu kodachi

159 如梦似幻——

手里握着

一只蝴蝶

☆うつつなきつまみごころの胡蝶かな（1773）

utsutsunaki / tsumami gokoro no / kochō kana

160 栖息于

寺庙钟上——

熟睡的一只蝴蝶

☆釣鐘にとまりて眠る胡蝶かな（1773）

tsurigane ni / tomarite nemuru / kochō kana

161 初冬阵雨——

啊，古人之夜

与我相似……

☆時雨るや我も古人の夜に似たる（1773）

shigururu ya / ware mo kojin no / yo ni nitaru

译注：此处之古人，殆指曾在他们诗中感叹生之短暂、寂寥的前辈诗人饭尾宗祇（1421—1502）与松尾芭蕉。

162 两棵梅树——

我爱其花开：

一先一后

☆二もとのむめに遅速を愛すかな（1774）

futa moto no / ume ni chisoku o / aisu kana

译注：此首俳句为芜村名作，具有一种数学之趣或因笨拙而巧的诗意，似乎催生了后来鲁迅散文诗《秋夜》里的两棵枣树。

163 据说比丘尼劣于

比丘——但比丘尼寺的红梅

开得多优艳、端丽啊

☆紅梅や比丘より劣る比丘尼寺（1774）

kōubai ya / biku yori otoru / bikuni dera

译注：比丘，和尚。比丘尼寺，尼姑庵。此诗机智地回应了吉田兼好《徒然草》第106段中所述证空上人之语——“比丘よりは比丘尼は劣り”（比丘尼劣于比丘）。

164 小户人家

贵客临门——

朦胧月下

☆よき人を宿す小家や朧月（1774）

yoki hito o / yadosu koie ya / oboro zuki

165 油菜花——

月亮在东

日在西

☆菜の花や月は東に日は西に（1774）

nanohana ya / tsuki wa higashi ni / hi wa nishi ni

166 春去也：

心沉——如

琵琶在抱

☆ゆく春やおもたき琵琶の抱心（1774）

yuku haru ya / omotaki biwa no / dakigokoro

167 运重物的庞然地车

轰隆而过，震出

庭前牡丹花香……

☆地車のとゞろとひゞく牡丹かな（1774）

jiguruma no / todoro to hibiku / botan kana

168 在客去与客来的

空当里——

静寂的牡丹

☆寂として客の絶間の牡丹哉（1774）

seki to shite / kyaku no taema no / botan kana

169 麦收季节——

狐狸偷走饭，

大伙儿忙追打……

☆飯盗む狐追ひうつ麥の秋（1774）

meshi nusumu / kitsune oi utsu / mugi no aki

170 月色朦胧——啊，

被一只蛙把水和天空

搞浊了

☆朧月蛙に濁る水や空（1774）

oborozuki / kawazu ni nigoru / mizu ya sora

171 晚风习习——

水波溅击

青鹭胫

☆夕風や水青鷺の脛をうつ（1774）

yūkaze ya / mizu aosagi no / hagi o utsu

译注：此诗可与松尾芭蕉1689年所写，收于《奥之细道》中的这首俳句比美——“汐越潮涌 / 湿鹤胫—— / 海其凉矣！”（汐越や鶴脛ぬれて海涼し）。

172 我所恋的他

手中的扇真白啊，

远看令人喜

☆目に嬉し恋君の扇真白なる（1774）

me ni ureshi / koigimi no ōgi / mashiro naru

173 稻田的水排出——

稻草人的腿

变长了

☆水落て細脛高きかゞし哉（1774）

mizu ochite / hosohagi takaki / kakashi kana

174 夏夜短暂——

沙滩上，一具

被扔弃的篝笼

☆短夜や浪うち際の捨篝（1774）

mijikayo ya / nami uchigiwa no / sute kagari

译注：篝笼，燃篝火用的铁笼。

175 这些蔷薇花——

让我想起

家乡的小路

☆花いばら故郷の路に似たる哉（1774）

hana ibara / kokyō no michi ni / nitaru kana

176 纤纤细腰的法师，

飘飘欲仙

忘我地舞着……

☆細腰の法師すゞろに踊哉（1774）

hoso goshi no / hōshi suzu ro ni / odori kana

177 稻草人只是你的

绰号吧——你到底

姓啥名啥谁家子弟？

☆姓名は何子か號は案山子哉（1774）

semei wa / nanishi ka gō wa / kagashi kana

178 故乡

酒虽欠佳，但

荞麦花开哉！

☆故郷や酒はあしくとそばの花（1774）

furusato ya / saka wa ashiku to / soba no hana

179 养菊者——

汝乃

菊之奴也！

☆菊作り汝は菊の奴かな（1774）

kikuzukuri / nanji wa kiku no / yakko kana

180 秋暮——

出门一步，即成

旅人

☆門を出れば我も行く人秋の暮（1774）

mon o ireba / ware mo yukuhito / aki no kure

181 刈麦的

老者——弯曲

如一把镰刀

☆麦刈に利き鎌もてる翁かな（1774）

mugikari ni / toki kama moteru / okina kana

182 但愿能让老来的

恋情淡忘——

啊，初冬阵雨

☆老が恋忘れんとすれば時雨哉（1774）

oi ga koi / wasuren to sureba / shigure kana

183 初冬阵雨

无声落在青苔上——

往事上心头

☆時雨音なくて苔にむかしをしのぶ哉（1774）

shigure oto nakute / koke ni mukashi o / shinobu kana

184 磷火闪闪——

仿佛要把枯芒草

烧起来!

☆狐火の燃へつくばかり枯尾花（1774）

kitsunebi no / moe tsuku bakari / kare obana

185 甘守愚顽之质吧——

弄暗我窗，被雪所压之竹

似乎如是示我……

☆愚に耐よと窓を暗す雪の竹（1774）

gu ni tae yo to / mado o kurau su / yuki no take

译注：此诗为芜村所写“贫居八咏”之一。

186 隔壁邻居寒冬彻夜

锅子叮当鸣响——

是讨厌我吗？

☆我を厭ふ隣家寒夜に鍋を鳴ラす（1774）

ware o itou / rinka kanya ni / nabe o narasu

译注：此诗为“贫居八咏”之七。

187 夜里，用仅余的

一颗牙

咬下画笔上的冰

☆歯豁に筆の氷を噛む夜哉（1774）

ha arawani / fude no kōri o / kamu yo kana

译注：此诗为“贫居八咏”之八。

188 鸿胪馆——

白梅与

墨齐芳……

☆白梅や墨芳しき鴻臚館（1775）

hakubai ya / sumi kanbashiki / kōrokan

译注:“鸿胪馆”为平安时代设置的外交迎宾馆。此馆文献上初以“筑紫馆”之名出现于持统二年(688年),平安时代改名为具有中国风的“鸿胪馆”。

189 指南车

奔胡地，渐没

雾霭里……

☆指南車を胡地に引去ル霞哉（1775）

shinansha o / kochi ni hikisaru / kasumi kana

译注：指南车，中国古代指示方向之车，车上立有一始终伸臂指南之木像。

190 夏夜短暂——

浅滩上残悬

月一片

☆みじか夜や浅瀬にのこる月一片（1775）

mijikayo ya / asase ni nokoru / tsuki ippen

191 挂起蚊帐

在屋里

造青色山脉

☆蚊屋つりて翠微つくらむ家の内（1775）

kaya tsurite / suibi tsukuran / ie no uchi

192 樱花已尽落

——此庵

主人仍苟活……

☆實ざくらや死のこりたる菴の主（1775）

mizakura ya / shini nokoritaru / io no nushi

译注：此诗有前书“悲矣，我竟未效西行法师所愿”。西行法师为芭蕉、芜村以及众多诗人所景仰之和歌大师。写有诗句“愿在春日花下死，二月十五月圆时”（願はくは花の下にて春死なむその如月の望月の頃），后果如愿，于1190年2月16日去世。芜村此诗写于1775年初夏，春已去也，而人犹在。

193 新长的竹子啊，桥本

那位我喜欢的歌妓

——她在不在？

☆若竹や橋本の遊女ありやなし（1775）

waka take ya / hashimoto no yûjo / ari ya nashi

194 一行雁字

题写过山麓上空——

以月为印

☆一行の雁や端山に月を印す（1775）

ichigyō no / kari ya hayama ni / tsuki o insu

195 霜百里——

舟中，我

独领月

☆霜百里舟中に我月を領す（1775）

shimo hyakuri / shuchū ni ware / tsuki o ryōsu

196 小睡一觉

把自己藏在自己

里面——冬笼

☆居眠りて我にかくれん冬籠（1775）

ineburite / ware ni kakuren / fuyugomori

译注：冬笼（冬日闭居、幽居），指冬日下雪或天寒时，长时间避居屋内不出门。

197 高僧——

在荒野，就位

放屎……

☆大徳の屎ひりおはす枯野哉（1775）

daitoko no / kuso hiri owasu / kareno kana

198 鬼火闪青光——

暗夜骷髅积雨

成水塘

☆狐火や髑髏に雨のたまる夜に（1775）

kitsunebi ya / dokuro ni ame no / tamaru yo ni

199 梅花盛开——

室津港的卖春女

出来买新衣带

☆梅咲て帯買室の遊女かな（1776）

ume saite / obi kau muro no / yūjo kana

译注：室津港，在播州（今兵库县），昔时以风化区知名。

200 但见一双踏花

归来的草鞋——主人

犹朝寝未起……

☆花を蹈し草履も見えて朝寐哉（1776）

hana o fumishi / zōri mo miete / asane kana

201 杜鹃花开——

移石头到花旁，啊

相映成趣

☆つつじ咲いて石移したる嬉しさよ（1776）

tsutsuji saite / ishi utsushi taru / ureshi sayo

202 黑漆帽挂

折钉上，满室

春光跃然来

☆折釘に烏帽子かけたり春の宿（1776）

orikugi ni / eboshi kake tari / haru no yado

译注：折钉，前端弯成直角，以便挂东西的一种钉子。日文原诗中的“烏帽子”即乌帽、黑漆帽。

203 今宵满月——

偷鸡摸狗一帮

贼崽子，全消遁！

☆名月や夜を逃れ住む盗人等（1776）

meigetsu ya / yo o nogare sumu / nusubito ra

204 今宵月明——即便

不识风雅的盗贼头头

也作起诗来……

☆盗人の首領歌よむけふの月（1776）

nusubito no / kashira uta yomu / kyō no tsuki

205 有女

恋我吗——

秋暮

☆我を慕ふ女やはある秋のくれ（1776）

ware o shitau / onna yawa aru / aki no kure

206 钓到一条鲈鱼——

会不会有玉

从它巨口吐出?

☆釣上し鱸の巨口玉や吐（1776）

tsuri ageshi / suzuki no kyokō / tama ya haku

207 仰天哀鸣的

鹿，它的泪水是

月的露珠

☆仰ぎ鳴くしかの泪や月の露（1776）

aogi naku / shika no namida ya / tsuki no tsuyu

208 女子以衣袖

拭镜——

秋日黄昏

☆秋の夕べ袂して鏡拭く女（1776）

aki no yūbe / tamoto shite kagami / fuku onna

209 狐狸爱上巫女，

夜寒

夜夜来寻……

☆巫女に狐恋する夜寒哉（1776）

kannagi ni / kitsune koisuru / yosamu kana

译注：巫女，在神庙中从事奏乐、祈祷、请神等的未婚女子。

210 月光照我孤单如

月——与之为

朋

☆中々にひとりあればぞ月を友（1776）

nakanaka ni / hitori areba zo / tsuki o tomo

211 美啊——

秋风后

一颗红胡椒

☆美しや野分の後の唐辛子（1776）

utsukushi ya / nowaki no ato no / tōgarashi

212 是谁把薄纱衣

搁在金屏风上——

秋风

☆金屏の羅は誰カあきのかぜ（1776）

kinbyō no / usumono wa tare ka / aki no kaze

213 黑谷最亮眼的

邻居——一整片

白色荞麦花

☆黒谷の隣はしろしそばのはな（1776）

kurodani no / tonari wa shiroshi / soba no hana

译注：此诗有题“白川”。诗中的黑谷为地名，在京都市左京区，北邻白川。

214 僧庵，树篱花

绽放——我不叩门

继续上路

☆なの花や法師が宿はとはで過し（1776）

na no hana ya / hōshi ga yado wa / towade sugoshi

215 三声过后

音杳然——

鹿鸣

☆三度啼て聞へずなりぬ鹿の聲（1776）

mitabi naite / kikoezu narinu / shika no koe

216 比去年

更加寂寞——

秋暮

☆去年より又さびしひぞ秋の暮（1776）

kyonen yori / mata sabishii zo / aki no kure

217 寂寥

也许也是件乐事——

秋暮

☆さびしさのうれしくも有秋の暮（1776）

sabishisa no / ureshiku mo ari / aki no kure

218 小阳春海上，一片

帆，也像是个

七合五勺大的酒杯

☆小春凪眞帆も七合五勺かな（1776）
koharu nagi / maho mo nanagō / goshaku kana

译注：日语“小春”即小阳春，阴历十月也。

219 芭蕉去——

从此年年，大雅

难接续

☆芭蕉去てそののちいまだ年くれず（1776）

bashō sarite / sono nochi imada / toshi kurezu

译注：芜村此诗写于岁暮，有前书“戴斗笠、着草鞋，准备上路”，化用芭蕉1684年《野曝纪行》旅程中所写之句“一年又过——/手拿斗笠，/脚着草鞋”（年暮れぬ笠着て草鞋はきながら）。芭蕉以后的俳人皆思踵继俳圣于浪游探新以及翻新俳句创作之途，芜村亦不例外。但他叹芭蕉去后，此“道”不彰，大雅久不作矣。

220 开了花的芒草

摇曳风中，仿佛

央求别刈割它……

☆花薄刈のこすとハあらなくに（1777 之前）

hanasusuki / kari no kosu to ha / arana kuni

221 新做的豆腐

柔软度差了些——

遗憾啊遗憾！

☆新豆腐少しかたきぞ遺恨なる（1777 之前）

shin tōfu / sukoshi kataki zo / ikon naru

222 元旦：新春

咏新句——俳谐师

扬扬得意……

☆歳旦をしたり顔なる俳諧師（1777）

saitan o / shitarigao naru / haikaishi

223 黄莺张着小小的

口——

用力歌唱

☆鶯の啼や小さき口明イて（1777）

uguisu no / naku ya chiisaki / kuchi ake te

224 梅花遍地开

往南灿灿然

往北灿灿然

☆梅遠近南すべく北すべく（1777）

ume ochikochi / minami subeku / kita subeku

225 春风拂面——

啊，堤岸长又长，

归乡之路仍迢遥……

☆春風や堤長うして家遠し（1777）

harukaze ya / tsutsumi nago shite / ie toshi

译注：此诗收于芜村由俳句、汉诗、“汉文训读体”日语诗组合而成，总数十八首的“俳诗”《春风马堤曲》，是其中第二首诗，也是一首俳句。芜村在此组诗中将自己思乡、思母之情，投射于其虚构的一位在大阪地区帮佣的乡下姑娘，新年假日返乡省亲的心路／旅路历程中。此组诗有用汉语写成的前书——“余一日问耆老于故园。渡淀水过马堤。偶逢女归省乡者。先后行数里。相顾语。容姿婵娟。痴情可怜。因制歌曲十八首。代女述意。题曰春风马堤曲。”此诗之后即是两首乐府体汉诗，特录于此（完全无须翻译！），以见芜村汉诗功力——“堤下摘芳草，荆与棘塞路，荆棘何妒情，裂裙且伤股”（第三首诗）；“溪流石点点，踏石撮香芹，多谢水上石，教侬不沾裙”（第四首诗）——此首相当优美、动人！

226 来到一间茶室——

门前柳树

比去年更老了

☆一軒の茶見世の柳老にけり（1777）

ikken no / chamise no yanagi / oini keri

译注：此诗为《春风马堤曲》第五首诗，也是一首俳句。日本江户时代平均寿命约五十岁。写此诗时，芜村已六十二岁。与其说柳树一年老过一年，不如说芜村自觉如此！

227 古驿两三家，雄猫

发情唤雌猫——

雌猫迟迟不来……

☆古駅三両家猫児妻を呼妻来らず（1777）

koeki san ryo ke / byoji tsuma o yobu / tsuma kitarazu

译注：此诗为《春风马堤曲》第八首诗，也是一首俳句，是音节较多的“破调”句。此诗之前的第七首诗，是一首乐府体汉诗——“店中有二客，能解江南语，酒钱掷三缗，迎我让榻去”。“缗”指以百文结扎成串的铜钱，“榻”则指店中的四脚台餐桌。第七、八首诗中的“二、三”与“三两”，是《春风马堤曲》第五首诗日文原作中数词“一”（轩）的巧妙展开。此诗之后的第九首诗，也一首乐府体汉诗——“呼雏篱外鸡，篱外草满地，雏飞欲越篱，篱高堕三四”。

228 菁菁春草路，三叉
在眼前，中有一
捷径，迎我快还家

☆春艸路三叉中に捷徑あり我を迎ふ（1777）
shunso michi / sansa naka ni shoke ari / ware o mukau

译注：此诗为《春风马堤曲》第十首诗，也是音节较多的“破调”俳句。沿用前面第七、八、九首诗中出现的数词“三”。

229 蒲公英花开

三三五五——黄花

五五，白花三三

犹记得去年

此路别故乡

☆たんぽゝ花咲り三々五々五々は黄に／三々は白し記得す去年此路よりす（1777）

tampopo hana / sakeri sansan gogo / gogo wa kii ni sansan wa shiroshi / kitoku su kyonen / konomichi yori su

译注：此诗为《春风马堤曲》第十一首诗，是一首汉诗味极浓的“汉文训读体”日语诗，可视为一首由双俳句构成的异体俳句。数词由前面诗中的“三两”“三四”进而为“三五”。

230 君不见故人太祇句：

年假回家——

陪睡在孀居的

母亲身旁

☆君不見古人太祇が句、藪入の寝るやひとりの親の側（1777）

kimi mizu ya kojin taigi ga ku / yabuiri no / neru ya hitori no/ oya no soba

译注：此诗为《春风马堤曲》最后一首（第十八首）诗，芜村在此诗中引用了当时已过世的友人、夜半亭同门炭太祇（1709—1771）的一首俳句。

231 四处赏樱看花飞，让美人的

肚子减却了三两圈——

啊，杜甫一点不假！

☆さくら狩美人の腹や減却す（1777）

sakuragari / bijin no hara ya / genkyaku su

译注：此诗前书“一片花飞减却春”，是杜甫的诗句。杜甫说一片花飞落、消逝，就让春色减少了许多。芜村的俳句显然是俗而有力（也美！）的杜诗搞笑版。

232 月光

西移，花影

东行

☆月光西にわたれば花影東に歩むかな（1777）

gekkō nishi ni watareba / kaei higashini / ayumu kana

233 佛诞日——

母腹，只是

暂时的家

☆灌仏やもとより腹はかりのやど（1777）

kanbutsu ya / moto yori hara wa / kari no yado

译注：阴历四月八日为佛祖诞辰日。

234 四月初八——

每个出生即死

之婴，皆佛陀

☆卯月八日死んで生まるる子は仏（1777）

uzuki yōka / shinde umaruru / ko wa hotoke

235 远远近近

瀑布声穿过新叶

声声入耳

☆おちこちに滝の音聞く若ばかな（1777）

ochi kochi no / taki no oto kiku / wakaba kana

236 猜疑外面下雨，

蜗牛躲在壳中

——一动不动

☆こもり居て雨うたがふや蝸牛（1777）

komori ite / ame utagau ya / katatsumuri

237 破雨伞里

捉迷藏——飞出来

一只蝙蝠!

☆かはほりのかくれ住けり破れ傘（1777）

kawahori no / kakure jūkeri / yaburegasa

238 蚁王宫，朱门

洞开——

啊，艳红牡丹!

☆蟻王宮朱門を開く牡丹哉（1777）

giōkyū / shumon o hiraku / botan kana

译注：此诗用唐传奇《南柯太守传》典，把蚁穴比成王宫，又以朱门比灿开之牡丹。可比较本书第 248 首译诗。

239 新月淡照之夜——

尼寺里一顶

雅致的蚊帐垂悬……

☆尼寺や善き蚊帳垂るる宵月夜（1777）

amadera ya / yoki kaya taruru / yoizukiyo

240 梅雨季：

面向大河——

屋两间

☆五月雨や大河を前に家二軒（1777）

samidare ya / taiga o mae ni / ie niken

241 忍冬花

落时——蚊声

嗡嗡起

☆蚊の聲す忍冬の花の散ルたびに（1777）

ka no koe su / nindō no hana no / chiru tabi ni

242 凉啊——

离开钟身的

钟声……

☆涼しさや鐘をはなるるかねの声（1777）

suzushisa ya / kane o hanaruru / kane no koe

译注：此首亦为芜村名句，由听觉写身体感觉之“凉”——由凉声而凉身。

243 苔清水——

东西南北来

东西南北流……

☆いづちよりいづちともなき苔清水（1777）

izuchi yori / izuchi tomonaki / koke shimizu

译注：苔清水，从岩间滴落，流过苔上的清水——特指著名诗人西行法师草庵遗址附近之泉水。芭蕉《野曝纪行》中有诗“愿以滴答如露坠 / 岩间清水，/ 洗净浮世千万尘”（露とくとく試みに浮世すすがばや），前书“西行上人草庵遗址，从奥院右方拨草前行约二町，今仅余樵夫出入之小径，草庵前险谷相隔，清水滴答，至今依旧汩汩滴落岩间”。芭蕉此诗为慕西行法师之作，芜村此诗当为慕西行法师与芭蕉之作！

244 在自己家乡——

即便苍蝇可恨，

我展身昼寝……

☆蝿いとふ身を古郷に昼寝かな（1777）

hae itō / mi o furusato ni / hirune kana

245 夏季祭神乐起，

裸身起舞吧

祈神降临赐福……

☆裸身に神うつりませ夏神樂（1777）

hadakami ni / kami utsurimase / natsu kagura

246 仰迎凉粉

入我肚，恍似

银河三千尺……

☆心太逆しまに銀河三千尺（1777）

tokoroten / sakashima ni ginga / sanzenjaku

译注：日文“心太”（ところてん），即凉粉，石花菜煮化以后冷却凝固的食品。此诗显然化用了李白《望庐山瀑布》一诗之意象——“日照香炉生紫烟，遥看瀑布挂前川。飞流直下三千尺，疑是银河落九天。”

247 夏日炎炎——

坐在檐下，避开

妻子、孩子!

☆端居して妻子を避る暑かな（1777）

hashii shite / saishi o sakuru / atsusa kana

248 一只黑山蚁

鲜明夺目

爬上白牡丹

☆山蟻のあからさま也白牡丹（1777）

yama ari no / akarasama nari / haku botan

249 随背后吹来的风

俯身割芒草：

白发翁

☆追風に薄刈とる翁かな（1777）

oikaze ni / susuki karitoru / okina kana

250 其角家仆剃了

光头跑出来——

啊，西瓜

☆角が僕目引きに出づる西瓜かな（1777）

kaku ga boku / mehiki ni izuru / suika kana

译注：其角即芭蕉弟子宝井其角（1661–1707），为蕉门十哲之一。其家仆鹈泽长吉（又称鹈泽是橘），初随其角习俳句，后选择习医，拜其角之父为师，并于是日剃发。成为医者后，医名长庵。芜村此句以西瓜比光头，颇滑稽。

251 夜间兰——

花之白

隐藏于花香后

☆夜の蘭香にかくれてや花白し（1777）

yoru no ran / ka ni kakurete ya / hana shiroshi

252 刺骨之寒——亡妻的

梳子，在我们

卧房，我的脚跟底下

☆身にしむや亡妻の櫛を閨に踏（1777）

mi ni shimu ya / naki tsuma no kushi o / neya ni fumu

译注：此诗为想象之作，非真写其妻。写此诗时，芜村之妻仍健在人间。

253 中秋前一夜——

女主人款待

女宾客

☆待宵や女主に女客（1777）

matsuyoi ya / onnnaaruji ni / onnna kyaku

译注：日文“待宵”（或宵待），指阴历八月十四日的夜晚。芜村此诗中的江户时代，似乎也讲男女平权——男主人款待男宾客，女主人款待女宾客——虽有时间先后、月亮饱满度A+与A++之别，但也算是极具俳谐之趣的一种分庭抗礼。

254 手烛下

色泽尽失——

黄菊花

☆手燭して色失へる黄菊哉（1777）

teshoku shite / iro ushinaeru / kigiku kana

译注：手烛，手持的烛台。

255 冬日将近——

阵雨的云也将从

这里铺展开……

☆冬近し時雨の雲もここよりぞ（1777）

fuyu chikashi / shigure no kumo mo / koko yori zo

译注：此诗为芜村于金福寺芭蕉庵谒芭蕉墓前之碑时所作。

256 久候之人的脚步声

远远地响起——

啊，是落叶！

☆待人の足音遠き落葉哉（1777）

machibito no / ashi oto tōki / ochiba kana

257 买了葱——

穿过枯林

回到家

☆葱買て枯木の中を帰りけり（1777）

nebuka kote / kareki no naka o / kaeri keri

258 当我死时，

愿化身枯芒——

长伴此碑旁

☆我も死して碑に辺せむ枯尾花（1777）

ware mo shishite / hi ni hotori semu / kareobana

译注：此诗有前书“金福寺芭蕉翁墓”。金福寺，位于京都市左京一乘寺的临济宗寺院。寺内有芭蕉庵，于1777年9月立有芭蕉冢。此诗为芜村是年所写，追慕芭蕉之作。芜村于六年后（1783年）12月去世，如他在此诗中所愿，葬于金福寺芭蕉冢旁。

259 冬风起兮，

吹动小石

撞寺钟……

☆木枯や鐘に小石を吹あてる（1777）

kogarashi ya / kane ni koishi o / fukiateru

260 昨夜尿湿了的被子

在屋外晾干——

啊，风雅的须磨村

☆いばりせし蒲団干したり須磨の里（1777）

ibari seshi / futon hoshi tari / sumano sato

译注：须磨位于神户市西南的须磨海岸，风景优美，是著名的“歌枕”（古来和歌中歌咏过的名胜），也是《源氏物语》主人翁光源氏的流谪之地，平安时代知名和歌诗人在原行平（818—893）流放至此地时，据说曾与村中松风、村雨这对美丽的姐妹花传出韵事。须磨因此成为平安王朝文学风雅的象征。此诗将小便的俗与文学、传奇的雅并置，令人莞尔！

261 冬日闭居——

用灯光直射

虱子眼睛……

☆冬籠燈光虱の眼を射る（1777）

fuyugomori / tōkuwau shirami no / manako o iruz

译注：冬日闭居家中（冬笼），身心被囚禁于冬天的笼子，无聊到拿灯光（灯火）照射虱子的眼睛——真的也快成为半个疯子或“半个风子”（“虱”子？）了！此首俳句节奏也颇“跳tone”，是5、9、6共二十音节的“破调”句。

262 埋在灰里的炭火啊

你们好像埋在

我死去的母亲身旁……

☆埋火やありとは見へて母の側（1777）

uzumibi ya / ari to wa miete / haha no soba

译注：此诗是芜村思念亡母之作，埋在灰里、余温犹在的炭火，让他想起他年少时即离世的他的母亲。

263 枯冬——

乌鸦黑，

鹭鸶白

☆冬がれや烏は黒く鷺白し（1777）

fuyugare ya / karasu wa kuroku / sagi shiroshi

264 我的骨头，时时

紧贴着棉被——

啊霜夜

☆我骨のふとんにさはる霜夜哉（1777）

waga hone no / futon ni sawaru / shimo yo kana

265 被一滴雨

击中——蜗牛

缩进壳里

☆点滴に打たれて籠る蝸牛（1777之后）

tenteki ni / utarete komoru / katatsumuri

266 僧坊煮芋

五六升，乐赏

今宵秋月明

☆五六升芋煮る坊の月見哉（1777之后）

go roku masu / imoniru bō no / tsukimi kana

267 饱食的蟾蜍——

吐出一首明月之诗后，

白肥肚当消！

☆月の句を吐てへらさん蟾の腹（1777之后）

tsuki no ku o / hakite herasan / hiki no hara

268 翻耕农田——

静止不动的云

已悄悄散去

☆畑うつやうごかぬ雲もなくなりぬ（1778）

hata utsu ya / ugokanu kumo mo / naku narinu

269 近杜鹃花处——

石匠

割破了手指

☆石工の指やぶりたるつつじかな（1778）

ishikiri no / yubi yaburitaru / tsutsuji kana

270 落日

穿行过荞麦秆，

为其染色

☆落る日のくぐりて染る蕎麦の茎（1778）

otsuru hi no / kugurite somuru / soba no kuki

271 油菜花——今天

没有鲸鱼游近:

海上，夕晖映……

☆菜の花や鯨もよらず海暮ぬ（1778）

nanohana ya / kujira mo yorazu / umi kurenu

272 病起，

胫瘦——如

寒鹤孤立

☆瘦脛や病より起ツ鶴寒し（1778）

yase hagi ya / yamai yori tatsu / tsuru samushi

译注：此诗前书“祈求大鲁病体康复”。大鲁即俳人吉分大鲁（?—1778），芜村的弟子，此诗写后数月病逝。

273 白梅灿开——

北野茶店，几个

相扑力士来赏花

☆しら梅や北野の茶店にすまひ取（1779）

shiraume ya / kitano no chaya ni / sumai tori

译注：北野茶店，在京都市上京区，附近北野天满宫是赏梅的知名景点。

274 我得离开——

但我不想离开：

旅店梅花开

☆出べくとして出ずなりぬ梅の宿（1779）

izubekuto / shite dezunarinu / ume no yado

275 贫女缝衣，折断了

针——停下手工

看梅花

☆針折て梅にまづしき女哉（1779）

hari orite / ume ni ma zu / shiki jo kana

276 在大津绘上

拉屎后飞走——

一只燕子

☆大津絵に糞落しゆく燕かな（1779）

ōtsue ni / fun otoshi yuku / tsubame kana

译注：大津绘，江户时代初期始于近江国大津的一种民间风俗画。取材于民间信仰，画风讽刺、诙谐。

277 牡丹怒放——

吐出

一道彩虹

☆虹を吐いてひらかんとする牡丹哉（1779）

niji o haite / hirakan to suru / botan kana

278 我所恋的阿妹篱围边

三味线风的荠花开放——

好似为我拨动她心弦

☆妹が垣根三味線草の花咲ぬ（1780）

imo ga kakine / shamisengusa no / hana sakinu

译注：此诗有前书“琴心挑美人”，化用汉代司马相如以琴音挑逗美人卓文君之典故。荠花，是日本“春之七草”之一，春天开白花，又称“三味线草”（しゃみせんぐさ），因为开花后，三角形果实像三味线（一种三弦的日本乐器）用以拨弹的“拨子”。此诗中的“阿妹”应指芜村晚年热恋的京都祇园艺妓，年方二十许的美女小糸。三味线既可指涉小糸弹奏的此乐器，又与“小糸”（细线、细弦）之名呼应，融合中日两方典故示爱，实巧妙、曼妙，充满自信之情诗！（关于小糸的芜村相关诗作，见本书第323首）

279 春雨——脚趿
奈良旅店借来的
宽松木屐……

☆春雨やゆるい下駄借す奈良の宿（1780）
harusame ya / yurui getakasu / narano yado

280 出来赏樱——
花前的妓女，梦想
来世是自由身！

☆傾城は後の世かけて花見かな（1780）
keisei wa / nochi no yo kakete / hanami kana

281 樱花纷纷落！

在我背后似乎突然

沉重起来的笈上

☆花ちるや重たき笈のうしろより（1780）

hana chiru ya / omotaki oi no / ushiro yori

译注："笈"是装书籍、衣服与旅行用品的背箱，涂黑漆的木器。芭蕉1690年时也写了一首有关"笈"的动人俳句——"初雪——/行脚僧背上/笈之颜色"（初雪や聖小僧の笈の色）。

282 勇敢无惧地

飞来飞去——

雀爸雀妈

☆飛かはすやたけごころや親雀（1780）

tobikawasu / yatake-gokoro ya / oyasuzume

283 春将去也——

有女同车，

窃窃私语……

☆行く春や同車の君のささめごと（1780）

yuku haru ya / dosha no kimi no / sasame goto

译注：《诗经·郑风》有诗——“有女同车，颜如舜华”。芜村此诗中的车应为牛车——日本平安时代贵族的交通工具。

284 秋去多日也——

满目

枯芒草……

☆秋去ていく日になりぬ枯尾花（1780）

aki sari te / ikuka ni narinu / kare obana

285 寒梅绽开——

芬芳如奈良墨屋

主人容颜

☆寒梅や奈良の墨屋があるじ皃（1780）

kanbai ya / nara no sumiya ga / aruji gao

286 穷冬夜半——

从锯炭声即可

听其贫寒……

☆鋸の音貧しさよ夜半の冬（1780）

nokogiri no / oto mazushisa yo / yowa no fuyu

287 伸手折断一枝

寒梅——我老朽的手肘

也跟着发出声响

☆寒梅を手折響や老が肘（1780）

kanbai o / taoru hibiki ya / oi ga hiji

288 火炉已闭——且洗

阮籍、阮咸南阮风格

极简澡……

☆炉塞て南阮の風呂に入身哉（1781）

ro fusaide / nangen no furo ni / irumi kana

289 纤纤玉足涉

春水——失贞

惊见春水浊

☆足よはのわたりて濁る春の水（1781）

ashi yowa no / watari te nigoru / haru no mizu

290 白日之舟上白日之

女的白色疯狂：春

水

☆昼舟に狂女のせたり春の水（1781）

hiru fune ni / kyōjo nose tari / haru no mizu

291 人人人人人人人人人人人人人人人人
人人人人人人人人人人人人人人人人人
四条五条桥之下：

啊，春水…………

☆春水や四条五条の橋の下（1781）

harumizu ya / shijō gojō no / hashi no shita

译注：四条、五条是京都繁华区域，四条、五条桥为跨京都加茂川（今称鸭川）的名桥，据说桥上行人如织，众声如流动的鼎沸……更何况冬雪已融，春光媚人，春水渐暖。小林一茶1814年有一首俳句——“雪融了，/满山满谷都是/小孩子”（雪とけて村一ぱいの子ども哉），说的是人口总数约七百人的一茶家乡长野县信浓乡下地方，而如今写此俳句的与谢芜村人在花都（花の都：hana no miyako）呢。

292 寒意在每个角落

逗留不去——

梅花

☆隅々に残る寒さや梅の花（1781）

sumizumi ni nokoru samusa ya ume no hana

293 红梅——

啊，落日袭击

她上头的松柏……

☆紅梅や入日の襲う松かしは（1781）

kōbai ya / irihi no osō / matsu kashiwa

294 狐狸嬉游于

水仙花丛间——

新月淡照之夜

☆水仙に狐あそぶや宵月夜（1782之前）

suisen ni / kitsune asobu ya / yoizuki yo

295 那边的红叶比

这边的红叶

更红叶……

☆このもよりかのも色こき紅葉哉（1782之前）

kono mo yori / kano mo iro koki / momiji kana

296 池塘与河流

合而为一

——春雨

☆池と川ひとつになりぬ春の雨（1782）

ike to kawa / hitotsu ni narinu / haru no ame

297 春雨——

尚未浸湿

青蛙肚

☆春雨や蛙の腹は未だぬれず（1782）

harusame ya / kawazu no hara wa / mada nurezu

298 在方如色纸的

秧田里

逍遥游的青蛙……

☆苗代の色紙に遊ぶ蛙かな（1782）

nawashiro no / shikiji ni asobu / kawazu kana

299 小户人家贩卖的

小红豆，好似

梅开点点……

☆小豆売小家の梅のつぼみがち（1782）

azuki uru / koie no ume no / tsubomi gachi

300 春雨悠悠

大江

流……

☆春雨の中を流るる大河哉（1782）

harusame no / naka o nagaruru / taiga kana

301 春雨啊，物语改编电影长镜头下娓娓缓缓移动的蓑和伞

☆春雨やものがたりゆく簑と傘（1782）

harusame ya / monogatari yuku / mino to kasa

译注：此诗直译大约是“春雨——边走边聊：蓑衣和伞……”。蓑通常是农人、乡下人的雨具，携伞的则多半是城市人或上层人家。春雨中漫步，蓑和伞为何相倚共谈，是一男一女吗，是一僧一俗吗，是一贵一卑吗……？日文原诗中，“ものがたり”是叙述或叙事之意，也是物语或传奇之意。

302 在新绿草丛中

可怜的柳树

忘了根在哪里

☆若草に根をわすれたる柳かな（1782）

wakakusa ni / ne o wasuretaru /yanagi kana

303 那小孩

用裤裙振动

瓣瓣落花……

☆阿古久曾のさしぬき振ふ落花哉（1782）

akokuso no / sashinuki furuu / rakka kana

译注：日文原诗中“阿古久曽”为《古今和歌集》编者之一歌人纪贯之的幼名，后转为父母呼叫小孩之名。

304 吞云，

吐樱——

啊，吉野山

☆雲を吞で花を吐なるよしの山（1782）

kumo o nonde / hana o haku naru / yoshi no yama

305 春将去——

迟开的樱花犹

踌躇，逡巡……

☆行く春や逡巡として遅桜（1782）

yuku haru ya / shunjun to shite / osozakura

306 日暮，山昏暗——

红叶的朱颜

被夺走了……

☆山暮れて紅葉の朱を奪いけり（1782）

yama kurete / momiji no ake o / ubaikeri

307 落单的人

来访落单的人

——秋暮

☆一人来て一人を訪ふや秋のくれ（1782）

hitori kite / hitori o tō ya / aki no kure

308 短促人生的

悠闲

时光：秋暮

☆限りある命のひまや秋の暮（1782）

kagiri aru / inochi no hima ya / aki no kure

309 冬川——

谁拔了又丢了这

红萝卜？

☆冬川や誰が引捨し赤蕪（1782）

fuyukawa ya / ta ga hikisuteshi / akakabura

310 手抚桐木火桶——

仿佛抚弄陶渊明的

无弦琴……

☆桐火桶無絃の琴の撫ごころ（1782）

kiri hioke / mugen no koto no / nadegokoro

311 红梅花落

马粪——即将引发

熏鼻耀眼之火灾

☆紅梅の落花燃ゆらむ馬の糞（1783）

kōbai no / rakka moyu ramu / uma no kuso

312 狐狸化身

公子游——

妖冶春宵……

☆公達に狐化けたり宵の春（1783）

kindachi ni / kitsune baketari / yoi no haru

313 棣棠花飘落

井手玉川

好似刨屑飞溅……

☆山吹や井手を流るる鉋屑（1783）

yamabuki ya / ide o nagaruru / kannakuzu

译注：井手玉川，在京都府缀喜郡。

314 暴风雨中

撑筏人的蓑衣

成了樱花袍

☆筏士の蓑やあらしの花衣（1783）

ikadashi no / mino ya arashi no / hanagoromo

315 白日，天黑吧

夜晚，天亮吧——

青蛙如是歌唱

☆日は日くれよ夜は夜明けよと啼く蛙（1783）

hi wa hi kure yo / yo wa yo ake yo to / naku kawazu

316 雨打瓜田

不结果的

空花……

☆あだ花は雨にうたれて瓜ばたけ（1783）

adabana wa / ame ni utarete / uribatake

译注：日语“あだ花”（中译：谎花，空花），指不结果实的花，如南瓜、香瓜、西瓜等的雄花。

317 诗人西行法师的被具

又出现——

啊，红叶更红了……

☆西行の夜具も出て有紅葉哉（1783）

saigyō no / yagu mo dete aru / momiji kana

译注：此诗前书“高雄”。高雄在京都市右京区，为临近清泷川的赏红叶名胜。附近有文觉上人（1139—1203）重建的神护寺。同时代的和歌巨匠西行法师出家后四处云游咏歌，让文觉上人颇不爽，怒曰——“彼何为者，周游四方，吟咏涉日，实释门之贼也。吾见之，必击破其头。”不意某次神护寺举行法华会，西行居然前来参加，文觉见其面后，不但没击破其头，还亲切地抱他，且留他过一夜，相谈甚欢。文觉的爱憎成了红叶颜色浓淡的象征。芜村另有一俳句，谓“文觉的袈裟 / 是红叶织成的 / 华衣啊！”（文覚が袈裟も紅葉のにしき哉）。

318 啊，秋声——裂帛般

一音接一音，自

琵琶奔泻出的激流……

☆帛を裂く琵琶の流や秋の声（1783）

kinu o saku / biwa no nagare ya / aki no koe

译注：此诗借白居易《琵琶行》一诗意象，写秋日的急湍。芜村同年（1783）所写的纪行文《宇治行》中提及此诗时谓“淅米濑，乃宇治河第一急滩也。水石相战，奔波激浪，如雪飞云卷，声响山谷乱人语。‘银瓶乍破水浆迸，铁骑突出刀枪鸣，四弦一声如裂帛……’——啊，让人想起白居易形容琵琶妙音之绝唱。”

319 池塘莲枯

惹人怜——

初冬阵雨

☆蓮枯て池あさましき時雨哉（1783）

hasu karete / ike asamashiki / shigure kana

320 冬莺

往昔也曾到过

王维的篱笆

☆冬鶯むかし王維が垣根哉（1783）

fuyu uguisu / mukashi ōi ga / kakine kana

译注：此诗为1783年12月24日，芜村辞世前一日，病榻上所吟三首俳句中的第一首。次日（25日）凌晨，他即告别人世。听到冬莺鸣啭，想及往昔出现于唐代王维篱围与诗中的莺声莺影。诗中有画、画中有诗的王维，果然是诗人/画家芜村至死犹恋、犹爱的灵魂之交。

321 夜色

又将随白梅

转明……

☆白梅に明くる夜ばかりとなりにけり（1783）

shiraume ni / akuru yo bakari to / nari ni keri

译注：此诗有题“初春”，为芜村临终所咏三首俳句中的第三首，明亮而澄静，极为动人。

322 放假回家——

订了亲的女佣

伞下带着牙黑浆

☆やぶいりや鉄漿もらひ来る傘の下（1777–1783 间）

yabuiri ya / kane morai kuru / kasa no shita

译注：日语“やぶいり”（薮入），正月或盂兰盆节，佣人请假回家的日子。铁浆，即染牙液、牙黑浆，用于染黑牙齿的液体。日本旧习，已婚女子每将牙齿染黑。

323 逃之夭夭的萤火虫啊，

怀念你屁股一闪

一闪发亮的光……

☆逃尻の光りけふとき蛍哉（1777–1783 间）

nigejiri no / hikari ke futoki / hotaru kana

译注：虽然已婚且已为人父（女儿嫁人，后又离婚），与谢芜村在六十五岁（1780 年）前后结识了芳龄二十的祇园艺妓小糸，为之神魂颠倒。江户时代平均寿命约五十岁，年过花甲的芜村似乎越活越年轻，虽不富有，但写诗、画画、酒宴、看戏，颇洒脱而自得。芜村一生俳句的创作，六十岁以后所作据说占了六成。此等活力，恐怕部分来自对爱情的渴望。老少 / 不伦恋自然也带给他猜疑、不安、苦恼。在周遭友人忠告下，芜村于 1783 年与小糸断绝往来，但若有所失，时有所思……这首“光”屁股的萤火虫俳句，即是显例。结束黄昏之恋八个月后，六十八岁的芜村过世。

324 拾骨者在亲人

骨灰中捡拾

——啊，紫罗兰

☆骨拾ふ人に親しき菫かな（1777—1783 间）

kotsu hirō / hito ni shitashiki / sumire kana

译注：拾骨，或称捡骨，火葬后捡取死者之骨。

325 以春天的流水

为枕——她的乱发

飘漾……

☆枕する春の流れやみだれ髪（年代不明）

makura suru / haru no nagare ya / midare kami

译注：芜村的母亲，据推测，于芜村十三岁时投水自尽。此诗殆为芜村思念母亲之作，化用“漱石枕流”这四字中国成语，融飘眠于春水中的美女与疯女于一身。

326 樱花飘落于

秧田水中——啊，

星月灿烂夜！

☆さくら散苗代水や星月夜（年代不明）

sakura chiru / nawashiro mizu ya / hoshizuki yo

327 樱花绽放

山中——也为

弃绝爱之人

☆こいお山えすてしよもあるに桜哉（年代不明）

koi o yama e / suteshi yo mo aru ni / sakura kana

328 春雨——

菜饭热上桌

惊蝶梦

☆春雨や菜めしにさます蝶の夢（年代不明）

harusame ya / na meshi ni samasu / chō no yume

译注：此诗有前书“为粟饭一碗弃五十年之欢乐，不如游叶戏花，梦醒后不留遗憾”，乃融黄粱梦与庄周梦蝶此二中国典故而成。

329 小户人家的我们

与桃花相配——

岂敢高攀樱花？

☆さくらより桃にしたしき小家哉（年代不明）

sakura yori / momo ni shitashiki / koie kana

330 我遇见又平了吗？

灿极一时的

京都御室的樱花……

☆又平に逢ふや御室の花ざかり（年代不明）

matabei ni / au ya omuro no / hana zakari

译注：此诗为芜村最著名的一幅俳画《又平花见图》之画赞（题跋），有前书谓“京都落樱缤纷，仿佛层层石膏粉从土佐光信的画里剥落下”。土佐光信（1434—1525）是室町时代后期的宫廷画家。芜村诗中的“又平”（即“浮世又平”），是光信的弟子，“大津绘”的画师，在芜村此画中头绑红头巾，衣衫半解，饮酒的葫芦掉落脚下，一副醉步之姿——公认为芜村俳画中最高杰作。御室，在京都市右京区，是著名的赏樱景点。

331 何须沾墨掷笔补上

那一点——看，一只

燕子正落在那里！

☆擲筆の墨をこぼさぬ乙鳥哉（年代不明）

teki hitsu no / sumi o kobosanu / tsubame kana

译注：此诗化用空海大师（774—835）轶事，传说他书写“应天门”之额时，漏写了“应”字上的一点，乃以笔沾墨，投掷补之。

332 青蛙们的

蛙式游泳——一副

全然无助状

☆泳ぐ時よるべなきさまの蛙かな（年代不明）

oyogu toki / yorubenaki sama no / kawazu kana

333 黑猫——通身

一团墨黑，摸黑

幽会去了……

☆黒猫の身のうば玉や恋の闇（年代不明）

kuro neko no / mi no ubatama ya / koi no yami

334 不二山风——

一吹

十三州柳绿……

☆不二颪十三州の柳かな（年代不明）

fuji oroshi / jūsan shū no / yanagi kana

译注:“不二山”即“富士山”。“十三州”即“富士见十三州”，看得见富士山的日本十三个州。

335 用一根蜡烛

点燃另一根蜡烛——

春夜来矣……

☆燭の火を燭にうつすや春の夕（年代不明）

shoku no hi o / shoku ni utsusu ya / haru no yu

336 黄莺高歌

一会儿朝这儿

一会儿朝那儿

☆鶯の啼くやあちらむきこちら向き（年代不明）

uguisu no / naku ya achira muki / kochira muki

337 热气升腾——

无名之虫

白晃晃地飞

☆陽炎や名も知らぬ虫の白き飛ぶ（年代不明）

kagerō ya / na mo shiranu mushi no / shiraki tobu

338 啊，看透明的晨风

毛手毛脚地吹拂

毛毛虫毛茸茸的毛……

☆朝風の毛を吹見ゆる毛虫かな（年代不明）

asakaze no / ke o fukimiyuru / kemushi kana

339 夏月清皎——

河童所恋伊人

住此屋吗?

☆河童の戀する宿や夏の月（年代不明）

kawataro no / koisuru yado ya / natsu no tsuki

译注：河童,日本民间想象中的动物,水陆两栖,形似幼儿。

340 滚滚云峰下

扬州港

豁然入眼来

☆揚州の津も見えそめて雲の峯（年代不明）

yōshū no / tsu mo miesomete / kumo no mine

译注：此诗想象漫漫旅程后，旅人初见扬州港之盛景。

341 换上夏衫的

疯女孩，眉间更显

天真可爱

☆更衣狂女の眉毛いはけなき（年代不明）

kōi kyōjo / no mayuge / iwakenaki

342 更衣日——

虽然短暂，他们重感

新鲜的爱意……

☆かりそめの恋をする日や更衣（年代不明）

karisome no / koi o suru hi ya / koromo gae

343 恋爱中的镰仓武士

不忘随身带

一只扇子增媚……

☆恋わたる鎌倉武士の扇哉（年代不明）

koi wataru / kamakura bushi no / afugi kana

344 拥竹编抱枕入眠

仿佛伏见艺妓在怀

一夜情话绵绵

☆抱籠やひと夜ふしみのささめごと（年代不明）

daki kago ya / hitoyo fushimi no / sasame goto

译注：抱笼，或称竹夫人，夏季纳凉用的竹编抱枕。日文原诗中的地名“ふしみ”（伏见，音 fushimi，京都市南部之一区，以风化业知名），与“卧し”（音 fushi，睡觉之意）是双关语。

345 杜若花开——

在一代又一代

贫穷人家院子里

☆代代の貧乏屋敷や杜若（年代不明）

daidai no / binbō yashiki ya / kakitsubata

译注：此诗让人想起小林一茶1817年所写的俳句——“一代一代开在／这贫穷人家篱笆／啊，木槿花”（代々の貧乏垣の木槿哉）。

346 小兵与大将

热天共享

一粒瓜……

☆兵どもに大将瓜をわかたれし（年代不明）

heidomo ni / taishō uri o / wakata reshi

347 剪刀——

在白菊前，

迟疑片刻

☆白菊にしばしたゆたふはさみかな（年代不明）

shiragiku ni / shibashi tayutau / hasami kana

348 台风野大——

待在二楼上的云游僧

也跑下楼来……

☆客僧の二階下り來る野分哉（年代不明）

kyakusō no / nikai orikuru / nowaki kana

349 相扑力士归故里

——头差一点撞到

门框

☆天窓うつ家に帰るや角力取（年代不明）

atama utsu / ienikaeru ya / sumōtori

350 有比一尘不染的

白菊更美的

色彩吗?

☆白菊やかかる目出度色はなくて（年代不明）

shiragiku ya / kakaru medetabi / iro wa nakute

351 一阵风，把

水鸟

吹白了

☆かぜ一陣水鳥白く見ゆるかな（年代不明）

kaze ichizin / mizudori shiroku / miyuru kana

352 寒月悬中天——

鞋底，一路

小石子磨蹭……

☆寒月や小石のさはる沓の底（年代不明）

kangetsu ya / koishi no sawaru / kutsu no soko

353 鲸肉市场——

磨刀霍霍，砉然

鼓刀解巨鲸

☆鯨売市に刀を皷しけり（年代不明）

kujirauri / ichi ni katana o / narashikeri

译注：《史记·刺客列传》“聂政传”中说——“政乃市井之人，鼓刀以屠”。另《庄子·养生主》讲到庖丁解牛时说其“手之所触，肩之所倚，足之所履，膝之所踦，砉然向然，奏刀騞然，莫不中音”。騞（音“霍”）然，以刀解剖、裂物之声。

354 老鼠咬食

坚铁——牙音

寒颤颤……

☆真がねはむ鼠の牙の音寒し（年代不明）

ma gane hamu / nezumi no kiba no / oto samushi

355 多固执啊

那钓者——夕暮中

独钓冷冬雨

☆釣人の情のこはさよ夕時雨（年代不明）

tsuribito no / jō no kowasa yo / yûshigure

译注：此诗可视为柳宗元《江雪》一诗“孤舟蓑笠翁，独钓寒江雪”的变奏。

356 学针灸的书生，以

海参为箭靶

练习针灸

☆生海鼠にも鍼試むる書生哉（年代不明）

namako ni mo / hari kokoromuru / shosei kana

357 水、鸟相逢——

水、酉合成酒，两个知交

雪中共酌话当年……

☆水と鳥のむかし語りや雪の友（年代不明）

mizu to tori no / mukashi katari ya / yuki no tomo

译注：日文“鸟”（とり:tori），发音与“酉”（とり:tori）相同。芜村此诗巧妙地将“水”与“鸟/酉”合在一起，浮现“酒”字，类似中国古来的“拆字诗”或陈黎在诗集《轻/慢》（2009）里写的“隐字诗”或“字俳”。江户时代初期有一本记述有名的酒战（喝酒比赛）之书，书名为《水鸟记》。

358 午夜——冰上

被弃的

歪斜的小舟

☆真夜半氷の上の捨小舟（年代不明）

mayonaka ya / kōri no ue no / suteobune

译注：此诗仿佛是冬夜版的韦应物名句“野渡无人舟自横”。

359 冬日闭居——

对月夜的茶花，唉

亦无感

☆茶の花の月夜もしらず冬籠（年代不明）

cha no hana no / tsukiyo no shirazu / fuyugomori

360 冬日的牡丹——

啊，没有蝴蝶

来买梦……

☆夢買ひに来る蝶もなし冬牡丹（年代不明）

yumekai ni / kuru chō mo nashi / fuyu botan

译注：此诗揉合了日本镰仓时代《宇治拾遗物语》中“买梦人的故事”以及庄周梦蝶之典。

361 为看歌舞伎新演员公演

——啊，暂别阿妹

温香暖被！

☆貌見世や夜着を離るる妹が許（年代不明）

kaomise ya / yogi o hanaruru / imo ga moto

译注：日语“貌見世”（或称“顔見世”），指歌舞伎新签约演员之初次登台亮相，为歌舞伎公演之年度盛事。

362 十分合

春臼之心——

啊，落叶

☆春臼の心落つく落葉哉（年代不明）

tsukiusu no / kokoro ochitsuku / ochiba kana

363 古池

蛙老——

落叶纷纷

☆古池の蛙老いゆく落葉哉（年代不明）

furu ike no / kawazu oi yuku / ochiba kana

364 山寺初冰

砚先

知

☆山寺の硯にはやし初氷（年代不明）

yamadera no / suzuri ni hayashi / hatsugōri

译注：初冰，冬日初结冰、初冻。

365 冬日黄昏雨——

我等候之人

毫无怜悯之心

☆待人のじょのこわさよ夕時雨（年代不明）

machibito no / jō no kowasa yo / yū shigure

366 蜻蜓——

戴着眼镜

飞来飞去……

☆蜻吟や眼鏡をかけて飛歩行（年代不明）

kagerō ya / megane o kakete / tobiaruki

译注：2015 年 10 月 14 日，日本奈良县天理市天理大学附属图书馆发布了 212 首先前未知的与谢芜村俳句。此处所译的最后四首俳句（第 366、367、368、369 首）即出于此。

367 在已焚烧的

废田里，我惊见

许多草花

☆我焼し野に驚くや艸の花（年代不明）

ware yakishi / no ni odoroku ya / kusa no hana

368 今宵月明——

我的伞也化身为

一只独眼兽

☆傘も化けて目のある月夜哉（年代不明）

karakasa mo / bakete me no aru / tsukiyo kana

369 远山峡谷间

樱花绽放——

宇宙在其中

☆さくら咲いて宇宙遠し山のかい（年代不明）

sakura saite / uchū tōshi / yama no kai

图书在版编目（CIP）数据

春之海终日悠哉游哉：与谢芜村俳句 300 /（日）与谢芜村著；陈黎，张芬龄译 . -- 北京：北京联合出版公司，2019.9（2021.6 重印）

ISBN 978-7-5596-2453-6

Ⅰ . ①春… Ⅱ . ①与… ②陈… ③张… Ⅲ . ①俳句—诗集—日本—近代 Ⅳ . ① I313.24

中国版本图书馆 CIP 数据核字 (2019) 第 158279 号

春之海终日悠哉游哉：与谢芜村俳句300

作　　者：[日] 与谢芜村
译　　者：陈　黎　张芬龄
策 划 人：方雨辰
特约编辑：陈希颖　吴志东
责任编辑：牛炜征
封面设计：尚燕平

北京联合出版公司出版
（北京市西城区德外大街83号楼9层　100088）
北京联合天畅文化传播公司发行
山东临沂新华印刷物流集团有限责任公司印刷　新华书店经销
字数80千字　787毫米×1092毫米　1/32　7印张
2019年9月第1版　2021年6月第3次印刷
ISBN 978-7-5596-2453-6
定价：48.00元